세월이 하도 잘 가서

은행나무 아래 이야기

세월이 하도 잘 가서

송승안 엮음
송팔용 사진

토담미디어

은행나무 아래 빈자리

　은행나무는 사십년을 그래왔던 것처럼 오늘도 제자리를 지키고 있다. 어린 줄기가 담벼락에 붙지 않도록 간격을 따져 심었던 아버지의 손길은 오래 전에 사라졌으나 오래도록 그 손길이 바라마지 않던 역할을 묵묵히 하면서. 나무가 자라면서 전봇대와 공간싸움을 할 때, 아버진 나무를 잘라 없애라던 한전을 오히려 꺾고 전봇대를 길가 쪽으로 옮기도록 했다. 그 나무가 자라서 그늘을 드리우면 자녀들이, 손자녀들이 찾아와 그 아래서 웃고 떠들며 놀기를 바라던 꿈을 끝끝내 지켜냈던 것이다. 그래서 대문간의 은행나무는 아버지의 상징이 되었다.

　한 추위만 지나면 지팡이나 보행보조카에 의지한 노인들이 은행나무 아래로 모였다. 그들이 젊음을 바쳤던 산등성이의 밭이 사라지는 걸 끌끌 혀를 차며 지켜보거나, 등허리가 빠지도록 모를 심었던 논에 기계가 드나드는 오늘의 뉴스를 확인하려면 그만한 장소가 없었다. 에어컨이 나오는 동네회관보다 은행나무의 자연바람으로 여름을 보내거나, 노오란 은행잎이 후두두 떨어지는 풍경 속에서 그림처럼 앉아 있곤 했다. 그러면서 네 아버지가 참 좋은 선물을 남기고 가셨다고들 했다.

어머니는 이웃 노인들이 집으로 돌아간 후에도 그곳에 오래 앉아 있었다. 1, 2퍼센트의 능력 밖에 남지 않은 심장은 거실에서 대문까지의 거리를 왔다 갔다 하는 정도에 불과해서 할 수 있는 일이 별로 없었기 때문이다. 쉽게 숨이 차는 당신의 병든 심장으로 은행나무 아래를 지키며 여기가 이 동네의 심장이라고 뿌듯해 했다.

그렇게 앉았다가 차가 오는 소리가 들리면 기다리지 못하고 몸을 일으켜 아래쪽을 내다보곤 했을 것이다. 뜻밖이라 화들짝 놀라서 반겨주는 어머니를 보려고 연락 없이 오는 자식들도 있어 행여나 하는 마음이 늘 생기더라했다. 자식을 여덟이나 키웠는데 찾아오는 자식이 없는 주말에는 더 하염없이 기다리게 되더라했다. 그러면 우리는 은행나무를 아버지라 생각하고 지내시면 되지 뭘 그러냐고 했다. 생각해보면 참 무책임하고 무성의한 말이다. 하면 할 수 있는 일을 하지는 않고 마음의 부담은 덜고 싶어, 하기 쉬운 말만 했다.

돌아가시던 날, 어머니는 이웃노인과 함께 마당가 텃밭에서 상추를 조금 뜯었다. 숨이 차서 몸을 엎드릴 수 없게 된 지 오래건만 그 며칠은 움직임이 조금 수월했단다. 드디어 병이 낫는 모양이다 싶었을 것이다. 그렇게 한 움큼 들고 들어간 상추는 씻어보지도 못하고 개수대에 올려둔 채, 모자 쓰고 외출복 차림으로 앉았다가 숨을 거두셨다. 막내딸에게 좋은 가방 하나 사달라고 전화한 지 며칠 되지 않을 때였다. 여름 화장

품도 필요하다 했다는 걸 보면 좋은 가방에 성경책 넣고 화장해서 교회에 가고 싶었나보다.

이른 아침에 영구차를 마을 어귀에 두고 영정사진만 들고 어머니 사시던 집에 들렀다. 버스가 돌아나갈 만한 큰길이 없는 작은 마을. 거기서 어머니는 자라고 결혼하고 자식 낳고 늙어서 아버지를 먼저 보낸 후엔 홀로 사시다 생을 마쳤다.

가지마다 오월의 푸른 잎이 짙어지던 대문간의 은행나무가 영정사진으로 돌아온 어머니를 맞았다. 가지마다 푸른 잎을 더하며 조용히 흔들리고 있었다. 어머니의 떠남을 슬퍼하는 것 같기도 했고, 왔다가 가는 자연의 순리를 무심히 받아들이는 것도 같았다. 우리는 아버지와 동일시하던 은행나무가 이제 어머니 없이 쓸쓸하겠단 생각에 가슴이 먹먹했다. 그러면서 알았다. 은행나무는 아버지뿐만 아니라 어머니의 상징이기도 했다는 것을. '우리'라는 친밀감의 확실한 중심에서 아버지였다가 어머니였다는 것을.

은행나무 아래의 빈 평상. 주인이 사라지니 빈자리가 횡하다. 어머니가 떠났으니 아무래도 예전만큼 고향집을 찾게 되지는 않을 것이다. 앞서거니 뒤서거니 찾아오는 형제와 조카들이 서로 반기고, 밤새워 이야기꽃을 피우고, 또 앞서거니 뒤서거니 떠나며 배웅하던 일도 점차 먼 추억이 될 것이다.

해마다 봄을 맞고 가을을 맞으며 새로운 풍경과 이야기를 간직할 은행나무. 그 은행나무와 빈 평상에 겹쳐지는 이미지는 쓸쓸하기만 한 것이 아니라 뭔가 대화를 한다는 느낌이 들기도 한다. 떠난다는 것은 끝난다는 것과 다르다거나, 만났다 헤어지는 순환의 질서에 익숙해지라거나 하는. 생각해보면 우리들도 지금 어떤 모양으로든 어딘가로 떠나가고 있는 중이다. 떠난 자리는 다른 사람과 다른 스토리로 채워질 것이고, 나뭇잎을 흔들며 생겼다 흩어지는 바람처럼 우리는 사라지거나 잊혀져갈 것이다.

어머니의 일기를 책으로 내며

어머니가 돌아가시며 남긴 것은 많지 않다. 낡은 살림살이들은 오래 전부터 어머니의 손길을 벗어나 있어서 침대 언저리의 몇몇 물건이 전부였다. 모서리가 닳은 전화번호 공책과 TV리모컨, 성경책, 보온양말 같은 것들이었다. 어머니는 가셨지만 큰오빠가 그 집을 오가며 살 것이라 굳이 치울만한 것들도 없었다.

덤덤하게 장례를 치르고 온 날이었다. 딸들끼리 거실에 누워 뒤척이다 베갯잇 속의 48만원을 발견한 날이기도 하다. 나보고 가방 하나 사 달라더니, 돈 줄 테니 좋은 걸로 사라더니, 이 돈이 그 돈이었나 보다며 영미가 눈물을 글썽였다. 바로 지난 주일이었다고 했다. 그러고 보면 어딘가에 일기장도 분명 있을 거라는 언니의 말에 찾아보니 아니나 다를까 침대 밑 깊은 안쪽에서 노트 몇 권이 나왔다.

어머니가 꾸준히 일기를 썼다는 건 모두 아는 일이다. 일기뿐만 아니다. 언젠가 한번은 장롱위의 내의박스 안에서 종이를 길게 잘라 잇댄 리본 같은 것을 찾은 적이 있는데 자식들을 키울 때 지출한 경비를 적어 둔 것이었다. 입학금 얼마, 방세 얼마 같은 것들이 자식마다의 이름으로 빼곡하게 적혀있었다. 나중에 돌려받으려고 이걸 이렇게 꼼꼼하게 적어놓았냐고 묻자 한사람 밑에 들어가는 돈이 얼마나 되는지 보려고 적었다고 했다. 우리들은 학비와 방세 외엔 돈을 주지 않아 스스로 벌어서 자랐다고, 학비를 줄이려고 장학금을 받고 방세가 없어 입주과외를 하고 그마저도 없어서 진학을 포기하며 어른이 되었다고 생각했지만 내 이름 밑으로도 지출된 돈이 꽤 많았다. 하지만 그것들은 남아있지 않다. 어느 여름, 어머니의 살림 대부분을 불태웠기 때문이다. 갑자기 응급실로 실려 가는 바람에 문 닫힌 집안에 온통 곰팡이가 슬어 어쩔 수 없는 일이었다. 그때는 어머니도 돌아가실 줄 알았는데 그 후로도 위급한 상황을 몇 번이나 넘기면서 어머니는 십여 년을 더 사셨다. 그러면서 다시 일기를 쓰셨던 모양이다.

일기장을 찾은 다음 날 큰 오빠가 곰팡이와 먼지에 뒤덮인 캐리어 하나를 뒤꼍에서 들고 왔다. 그때 십년 전에, 내가 살림살이 다 불태울 때, 이것도 태워버릴까 하다가 혹시 훗날 너희들이 찾을까 싶어 모아둔 거다. 비도 좀 맞았을 거라 안이 썩었을지 어떨지는 모르겠다. 그러니까 이게 내가 부도나서 돈 한 푼 없을 때 어머니 아버지가 해외여행 가며 들고 간 가방이다. 자식은 앞날이 캄캄해 죽을 지경인데 당신들은 신나게 놀고 웃고 찍은 사진이 그 안에 다 들었더라. 오빠 푸념만큼이나 캐리어의 지퍼도 녹이 슬어 열리지 않았다. 칼로 찢어보니 당시의 여행사

진뿐 아니라 우리들 어린 날 사진이나 졸업장, 졸업앨범, 장학증서들이 차곡차곡 있었다. 처마 밑에서 요행 비를 피했던지 그런대로 온전했다.

자연스럽게 모두들 과거를 회상하게 되었는데 이야기를 나누면 나눌수록 부모에 대한 감정이 하나같지 않고 제각각임을 알 수 있었다. 우리 부모님처럼 위대한 부모님은 없다는 사람, 부모니까 용서하지 다른 부모처럼 희생하는 법이 없었다는 사람, 생각만 해도 불쌍해서 눈물이 난다는 사람, 자식에게 부담주지 않는 삶을 살았으니 훌륭한 삶을 사셨다는 사람……. 고마움과 분노, 그리움과 냉정함, 측은함 같은 저마다의 감정들을 쏟아내며 밤이 깊었으나 모두들 자기가 아는 방식대로의 어머니만 기억할 뿐이었다. 이야기를 듣다보니 각자 다른 기억과 감정을 가진 자식들의 마음을 한권의 책으로 묶어보면 좋겠다는 생각이 들었다. '어머니'라는 한 존재와 그 어머니를 바라보는 여덟 자식의 시선이 얼마나 다른가를 살펴보는 것도 의미 있는 일이 아니겠는가. 자신의 삶을 자기의지로 살고자 했던 한 인간으로서의 어머니와, 각자의 입장에서 그런 어머니와 어떻게 관계 맺고 느껴왔는지에 관한 이야기를 들어보는 것이다. 그래서 같은 대상을 두고도 이처럼 서로의 시선이 다를 수 있다는 이해를 얻게 된다면 책을 내는 수고가 아깝지 않을 것 같았다.

책으로 묶자는 생각은 막내 팔용이도 했다. 어머니의 일기를 제일 먼저 컴퓨터에 옮겨 적은 사람도 팔용이다. 서울에서 하동까지의 먼 거리를 마다않고 자주 어머니를 찾아보았던, 원거리 결제로 마을 회관에 치킨이나 피자나 자장면을 수시로 배달시켜 어머니의 기를 살려주기도 했던 효자아들이다. 하동에 갈 때마다 찍어둔 사진이 많으니 그것들과 어머니의 일기장으로 잔잔한 그리움을 자아내는 책을 만들어보면 어떻겠냐는 것이었다. 그래서 어머니의 일기와 형제들이 보내온 가감 없는 여덟 시선에 추억을 자아내는 사진을 삽입하기로 하였다.

작업을 위해 어머니의 글을 옮겨 적다가 뜻밖의 발견을 했다. 곳곳에, 심지어 여백에서조차 기억을 붙들어두고자 애쓴 흔적이 역력했다. 일기나 가계부는 온전한 정신으로 살아가기 위한 기억저장용 메모였고 연습장이었던 걸 알게 되었다. 한문이나 영어, 일어까지 공부하고 있었다. 무엇이든 배워야만 한다고 생각했던 것일까, 아직도 내 머리는 쓸 만하다는 걸 증명해보고 싶었던 것일까. 어느 쪽이든 정상적인 두뇌활동을 잃지 않으려는 처절한 노력임엔 다를 것이 없어보였다. 노트들을 훑으면서 절대 치매에 걸리지 않을 거라던 평소의 당신의 말이 얼마나 뼈저린 것이었는지를 알 수 있었다. 형제들은 허심탄회하게 이야기를 나눌 때와는 사뭇 다른 회고 글들을 보내왔다. 기억이나 감정이 글로 남는다고 생각해선지 조심스러운 데가 있었다. 그래서 서로 다른 여덟 시선을 그려보려던 애초의 시도는 다소 무색해지고 말았다.

예상치 않았던 난관에 봉착하기도 했다. 세월호 참사가 났던 날의 어머니의 일기 아래에 리본사진을 넣은 것이 불씨가 되었다. 형제가 많다보니 종교는 물론 정치에 대한 신념이 제각각 다른 것은 어쩔 수 없는 일이다. 그러다보니 태극기 집회에 참석하는 쪽에서는 왜 하필 리본사진이냐고 질색을 했고, 학생시절 운동권출신이었던 쪽에서는 의미를 되새기자는데 무엇이 잘못이냐고 맞섰다. 결국 마지막 편집회의를 하자고 비행기타고 제주도까지 가서 모였던 형제들은 축하파티를 벌이려다가 도리어 갈등의 골만 깊어진 채 책을 내지 말자는 결론을 안고 우울하게 돌아와야 했다. 2년 전의 일이다. 그랬음에도 이제 책을 내려는 것은 서로 다른 시선을 이해하자는 애초의 시도가 이 시점에서 더욱 절실하다고 보기 때문이다. 처음 책을 내자고 했을 때 책 내용에 대해선 어떤 것이든 수용하겠다는 약속을 받은 것도 있거니와 시간이 흐르면서 조금씩 양보하는 마음이 자란 것도 있다.

이 책이 읽는 이들에게 자기 삶을 돌아보는 디딤돌이 된다면 좋겠다. 삶은 그 삶을 사는 사람에게 허락된 유한한 시간이라는 것, 삶에서 만난 사람들과의 관계는 모두 일대일이라는 것, 어떤 시선을 가지느냐에 따라 전혀 다른 관계성을 가지기도 한다는 것, 관계의 이해란 비교가 아니라 수용에서 시작한다는 등등의 깨달음을 얻는다면 그보다 좋은 일이 없겠다. 더하여 타인의 다름을 인정하는 인식의 폭을 넓혀가는 계기가 된다면 더할 나위 없이 좋은 일이다.

——

어머니의 일기

이전의 일기는 불태워졌거나 버려졌고 남아 있는 일기는 2014년 4월부터 쓴 것이다. 몇 달씩 끊어지기를 반복하다 2015년엔 단 한 줄도 쓰지 못하셨다. 2016년 2월 다시 시작되었으나 4월을 넘기지 못했고, 2017년 새해를 맞으면서 결심한 듯 보이는 일기쓰기도 한 달을 넘기지 못했다. 1월 20일 이후엔 날짜 없이 쓴 '봄이 오는가 봐'라는 글이 남아 있을 뿐이다. 2018년 4월 26일, 돌아가시는 날까지 가계부는 계속 쓰셨다. 쓸 것이 별로 없던 가계부의 여백에는 간단한 메모가 일기를 대신하고 있었다. 유추해보건대 지난날과 크게 다르지 않은 나날 중에 적적함은 깊어지고 그것을 대하는 마음은 더 초연해졌으리라.

어머니의 일기는 시제가 틀리거나 뜻이 모호한 문장도 있고 오탈자도 있지만 그대로 옮겼다. 대신 뜻의 전달을 위해 원 글에는 없는 문장부호를 최소한으로 삽입하고 오탈자를 수정하여 쓴 글을 아래에 덧붙이기로 했다. ( )는 글자를 첨삭하거나 요즘말로 바꾸어 글의 이해를 돕기 위해 사용하였다. 그날 썼음직한 글을 구분하여 글의 첫 부분을 따서 제목을 지었다.

— 엮은이 송승안

CONTENTS

어머니의 일기

세월이 하도 잘 가서

세월이 하도 잘 가서

새월이 하도 잘 가서 연피를 잡았다 하도 오래 되였어 손도 떨이고 눈도 더 침침하고 정신도 망망하고 오락가락하다

어재 안과에 가서 치로하고 약도 사가지고 왔다

오늘 교회 갔다 정주용씨가 하늘나라에 갔다 이 새상 태어나며 그 누구나 죽은다 잠이 않왔서 이리 궁궁코 저리 궁궁고 시계를 보니 1時 20分이들아

--

세월이 하도 잘 가서 연필을 잡았다. 하도 오래되어서 손도 떨리고 눈도 더 침침하고 정신도 망망하고 오락가락 한다

어제 안과에 가서 치료하고 약도 사가지고 왔다

오늘 교회 갔다 정주용 씨가 하늘나라에 갔다

이 세상 태어나면 그 누구나 죽는다 잠이 안와서 이리 궁궁(하)고 저리 궁궁(하)고 시계를 보니 1시 20분이더라

어느를

노락에 물더려 앉.

바람이 불려니까 ㅈㅈ

No.　month　day
year

2016_2.1.

…이 하도절 가서　연필을 잡았다 하도　오래되였…
…도 떨이고 눈도더 침침하고 정신도　망망하고
오락가락하다　어제 안과에가서　피로하고　정주문…
사가지고　왔다　오늘 교회 갔다　그…
하늘나라에 갔다　이세상…에 나며…
잠이 않았시　이리중중고 제리중중고시…

1時 20分이들아

…이 일었났다 오늘은

…꽃도 많…

힘도 없고 밥맛도 없고

힘도 없고 밥맛도 업고 살라나갈일이 큰일였다

이만큰 산것도 많이 살라는되

그래도 더 살기라고 매일 죽만 먹다가

또 밥을 살마서 먹고 이것 사는 것이지

무엇이 마이 이서라 돈이 이서도 사먹지도 못하고

누가 맛이 있는 것 먹어가자 핳은 사람도 없고

배는 곱으고 서려워서 눈물만 것은거런다

교회에 가면 여려사람 핳자서 식사를 한다

보건소에 가서 영양주사도 막고

마을회관에서 요즘에는 밥을 해먹는다

오늘는 고전 채육대회를 하다

바람이 많이 분다 4日간 바람이 분다

채육대에가서 식사을 했다 부퐤식으로 했다

호박죽만 두거력 먹었다

맞이인은 것도 많든만은 먹지도 못했다

4月이면 봄인되 겨울날시막금 춥다

--

힘도 없고 밥맛도 업고 살아나갈 일이 큰일이다
이만큼 산 것도 많이 살았는데
그래도 더 살 거라고 매일 죽만 먹다가
또 밥을 삶아서 먹고 이것(이) 사는 것이지
무엇이 맛이 있어라 돈이 있어도 사먹지도 못하고
누가 맛이 있는 것 먹으러가자 하는 사람도 없고
배는 고프고 서러워서 눈물만 글썽거린다
교회에 가면 여러 사람 앉아서 식사를 한다
보건(진료)소에 가서 영양주사도 맞고
마을회관에서 요즘에는 밥을 해먹는다
오늘은 고전체육대회를 한다
바람이 많이 분다 4일간 바람이 분다
체육대회에 가서 식사를 했다 뷔페식으로 했다
호박죽만 두 그릇 먹었다
맛이 있는 것도 많더만 먹지도 못했다
4월이면 봄인데 겨울날씨만큼 춥다

소파에 앉아서

소파에 앉아서 창문를 내다본이 비가 네린다 마당가에 왜로이 선나무가 잎이 피였어 거너리 되었다 추었든 계울 이기고 따뜻 봄날이 왔어 죽어든 나무 사라나서 잎이피고 우리의 쉼터가 돼였다 바람분다 나뭇가지가 이리저리 헌들인다 춤을 춘다 얼시고 좋다 절시고 좋다 느울느울 춤을 춘다

--

소파에 앉아서 창문을 내다보니 비가 내린다 마당가에 외로이 선 나무가 잎이 피어서 그늘이 되었다 추웠던 겨울 이기고 따뜻한 봄날이 와서 죽었던 나무 살아나서 잎이 피고 우리의 쉼터가 되었다 바람(이)분다 나뭇가지가 이리저리 흔들린다 춤을 춘다 얼씨구 좋다 절씨구 좋다 너울너울 춤을 춘다

날이 추워서

2007. 12. 1

1日 날이 추어서 아침에 운동을 못하고 오전에 운동하고 거실에 청소를 하고 났니 12時가 되였다 오후에는 시간이 가기 했어 자근골 밭에 갔다 와서 노인정에서 놀았다

2日 오늘은 주일날이다 오전예베 오후예배 하루종일 교회에 있었다

3日 오전에 진교장, 오후에는 고하학교 글쓰기

하늘에 계신 아버지 은혜 감사합니다. 부족한 죄인을 불상하서서 목사님을 보내주시고

--

2007. 12. 1

1일, 날이 추워서 아침에 운동을 못하고 오전에 운동하고 거실에 청소를 하고 나니 12시가 되었다 오후에는 시간이 가게 하기위해서 작은골 밭에 갔다 와서 노인정에서 놀았다

2일, 오늘은 주일날이다 오전예배 오후예배 하루 종일 교회에 있었다

3일, 오전에 진교장, 오후에는 고하학교 글쓰기

하늘에 계신 아버지 은혜 감사합니다. 부족한 죄인을(이) 불쌍하셔서 목사님을
보내주시고……

해남으로 출발

4月 26日 朝 6時에 해남으로 출발 해남에 도착

물은 빠지지 안고 출출 바도만 치고 있다 공연에 놀고 각설에 구경하고 바다로 보니 저거너에 둑이 보이고 사람들이 거너오고 여기는 계미 때처름 사람드리 거너가고 있다

물은 점점 빠저서 사람들 많이 간다 이거너 사람 저건는 사람 악수를 하고 우리들이 박수를 치고 우리는 집은로 왔다

--

4월 26일 아침 6시에 해남으로 출발 해남에 도착

물은 빠지지 않고 출출 파도만 치고 있다 공연에 놀고 각설이 구경하고 바다를 보니 저 건너에 둑이 보이고 사람들이 건너오고 여기는 개미떼처럼 사람들이 건너가고 있다

물은 점점 빠져서 사람들 많이 간다 이 건너 사람 저 건너 사람 악수를 하고 우리들이 박수를 치고 우리는 집으로 왔다

구름 한 장 없이 오늘은

2012年 壬辰年 4月 1日 日曜日

구름 한 장 없이 하늘은 맑고 청명하다

산에는 진달래꽃이 피고 냇가에는 개나리가 활짝 피었다

새월이 빨이기도 하다 죽었든 나무가

살아났어 꽃도 피고 잎도 피였어 산천초목이 푸를다

우리 지역에는 토요일에 목욕한은 날이다 목욕하려 가면, 이웃사람도

많나면, 이런 이야기 저런 이야기도 재미가 있다 머리에 파마도 했다

오늘은 일요일이라 교회 가는 준비도 했다

오후부터 비가 네린다 밤 세도록 비가 내리고 뇌성도 치면 비가 온다

--

2012년 임진년 4월 1일 일요일
구름 한 장 없이 하늘은 맑고 청명하다
산에는 진달래꽃이 피고 냇가에는 개나리가 활짝 피었다
세월이 빠르기도 하다 죽었던 나무가
살아나서 꽃도 피고 잎도 피어서 산천초목이 푸르다
우리 지역에는 토요일에 목욕하는 날이다 목욕하러 가면, 이웃사람도 만나면, 이런 이야기 저런 이야기도 재미가 있다 머리에 파마도 했다
오늘은 일요일이라 교회 가는 준비도 했다
오후부터 비가 내린다 밤새도록 비가 내리고 뇌성도 치며 비가 온다

오늘은 바람이 분다

4月 2日

오늘는 바람이 분다 나무가 휘청거리며 쎈나기 분다

사람이 날아갈 정도로 분다

밤 7시에 뉘슈를 보니 절라도는 하우스가 날아가고

부산에 집이 무뉘지고 바람 피회가 많다

강원도는 눈이 오고 서울에도 눈이 왔다

밤이 되니 바람이 잔잔하다

봄이 겨울로 바낏다

--

4월 2일

오늘은 바람이 분다 나무가 휘청거리며 세게 분다

사람이 날아갈 정도로 분다

밤 7시 뉴스를 보니 전라도는 하우스가 날아가고

부산에는 집이 무너지고 바람 피해가 많다

강원도는 눈이 오고 서울에도 눈이 왔다

밤이 되니 바람이 잔잔하다

봄이 겨울로 바뀌었다

서울에 잠실 전선차가 멈추고

　서울에 잠실 전선차가 멈추고 소님들이 내리서 거려가고 있다

　우리교회 목사님이 성경 공부하려고 시험지를 주었다 배우지를 못했
어 얼렀다 머리가 명명돈다 하다가 또 시고 그래도 준은 간은되 점점
틀려진다

　　--

　서울에 잠실 전선차가 멈추고 손님들이 내려서 걸어가고 있다

　우리교회 목사님이 성경 공부하라고 시험지를 주었다 배우지를 못해서 어렵다
머리가 멍멍 돈다 하다가 또 쉬고 그래도 중(중간)은 가는데 점점 틀려진다

봄놀이 다섯이 화계 꽃놀이 갔다

봄놀이 다섯이 화계 꽃놀이 갔다

순대전골 식사를 했다 차가 일자로 서서 있다

전도 장날이라 장터에 가서 우룩 샀다

꼭막장하고 멸리치 복우고 맛있게 먹었다

아들 머느리 딸 사위 나하고 다섯 식구가 갔다

어제는 하루 종일 비가 왔는되

오늘은 날씨가 좋다 국회의원 선거 날

날에는 비가오지 안고 많고 좋다

--

봄놀이 다섯이 화계 꽃놀이 갔다
순대전골 식사를 했다 차가 일자로 서서 (정체되어) 있다

전도 장날이라 장터에 가서 우럭(을) 샀다
꼬막장 하고(만들고) 멸치 볶고 맛있게 먹었다
아들 며느리 딸 사위 나하고 다섯 식구가 갔다

어제는 하루 종일 비가 왔는데
오늘은 날씨가 좋다 국회의원 선거 날
날씨는 비가오지 않고 맑고 좋다

하루 종일 비가 내린다

12年 9月 8日

　하루 종일 비가네린다 며너리가 붓처 택배가 왔다 빵과 과자 들어 있었다 이긋저긋 먹었다

　나는 미않하였다 박기만 하고 자녀들애 준 것이 없다

　노인정에 가져가서 나나 먹었다

　--

12년 9월 8일

　하루 종일 비가 내린다 며느리가 부쳐 택배가 왔다 빵과 과자(가) 들어있었다 이것저것 먹었다

　나는 미안하였다 받기만 하고 자녀들에(게) 준 것이 없다

　노인정에 가져가서 나눠 먹었다

도진이가 9월 11일날 군에 간다고

2012年 9月 1日

도진이가 9月 11日날 군대 간다고 시골 할머니 집에 왔다

6時에 일어나서 거실로 나온이 딸 두리서 나란이 잔다

보기에 좋아들아 살거머이 문을 열고 식당에 가서 인술 막고 아침식
사를 먹었다 고추전을 붗이고 가지나물 뭋이고 8時에 석한이 도지이 일
어나서 9時에 식사 했다

앞 도랑에서 고기를 잡아서 어당를 해먹었다

진주에 가서 점심을 먹고 헤엿었다 영미가 주차장까지 왔다

4時에 인술막이에 바밨다

28日에 15호 태풍이 왔다 재산피해 인명피해가 만았다

--

2012년 9월 1일

도진이가 9월 11일 군대 간다고 시골 할머니 집에 왔다

6시에 일어나서 거실로 나오니 딸 둘이서 나란히 잔다

보기에 좋았더라 살그머니 문을 열고 식당에 가서 인슐린 맞고 아침식사를 먹었다 고추전을 부치고 가지나물 무치고 8시에 석환이 도진이 일어나서 9시에 식사했다

앞 도랑에서 고기를 잡아서 어탕을 해먹었다

진주에 가서 점심을 먹고 헤어졌다 영미가 주차장까지 왔다

4시에 인슐린 맞기에 바빴다

(지난달) 28일에 15호 태풍이 왔다 재산피해 인명피해가 많았다

아침부터 비가 내린다

9月 10日

아침부터 비가 내린다 택시를 불었어 진교 참기름 짰로 갔다 기름을 10병 짰다 비는 끊쳤다 죽을 사가지고 먹었다 시장을 한박이 돌고 이것저것 반찬을 사가지고 택시를 불었다 집에 오니 10時더라 김치 담고 고기로 국을 껄었다

오후에는 아들이 가지고 온 것, 과일을 여려사람과 나뉘어 먹었다

밤에 대래비 보면서 달력을 처다보니 내일이 도진이가 군에 입대날. 울산에 전화를 했다 잘 다녀오라고 했다 의정부를 간다했다

--

9월 10일

아침부터 비가 내린다 택시를 불러 진교(로) 참기름 짜러 갔다 기름을 10병 짰다 비는 그쳤다 죽을 사가지고 먹었다 시장을 한 바퀴 돌고 이것저것 반찬을 사가지고 택시를 불렀다 집에 오니 10시더라 김치 담고 고기로 국을 끓였다

오후에는 아들이 가지고 온 것, 과일을 여러 사람과 나누어 먹었다

밤에 텔레비전 보면서 달력을 쳐다보니 내일이 도진이가 군에 입대날. 울산에 전화를 했다 잘 다녀오라고 했다 의정부로 간다 했다

밤이 되면 마음이 쓸쓸하고 외롭다

밤이 되면 마음이 쓸쓸하고 외롭다 살고싶은 마음이 없다 몸도 약해지고 숨이 갚은다 가슴이 앞푸다 누가 알아주는 사람도 없다 네가 아품 것은 네가 알지 아무도 모를거야 자근골 갈 되는 한번시고 가는되 두변 셋변 요즈음는 넷변. 거름걸이도 실고 안자도 누위도 숨이 찬다 그려자 약 타는 날 9月17日날 기다렸다 16호 태풍이 왔다 진주를 기는되 비가 왔어 앞이 안보이정도 비가 네린다 병원에 가서 의사에게 모든 것을 이야기하고 초음파 쇄석실 신경생리 검사실 갔다 시티도 찍었다 결가보니 조치못하다 살아가기가 워렵다 이 마음이 들드라 왜 네가 이른 고동를 단했나 내자신이 원망했다 병원에서 나와서 약타고 순점이 집에서 점심를 먹고 해경이집가서 해경이 맛나고 호진이집가서 저녁식사하고 왔다

10月21日재경이 결혼날였다 어제 아들이왔어 결혼식 참석하겠냐고 했다 나몸이 괘롭다하니 참석 안가기로 약속했다

날이 밝아 하늘 맑오 구름한장없다 11時가 되니 모두가 왔다 을임 부

부 화용이 부부 영미부부 영옥이 아들 딸 팔용부부 의료원에 왔어 면해를 했다 핼더를 태우고 병원 한박기 돌랐다 한서방이 밀였다 모두가 4時쯤 각각 자기집으로 갔다 병실 오니 인술 많은 시간였다

 비가 올아나 몸이 어석어석 아팠다 발목도 허리도 억깨도 숫시고 았푸다 주무리고 뚜뚜리고했다 밤 8時 팔용가 도착 영미도 독착 영옥 10時쯤 도착했다 그래서 안심하고 잠이 들었다

--

밤이 되면 마음이 쓸쓸하고 외롭다 살고 싶은 마음이 없다 몸도 약해지고 숨이 가프다 가슴이 아프다 누가 알아주는 사람도 없다 내가 아픈 것은 내가 알지 아무도 모를 거야 작은골 갈 때는 한 번 쉬고 가는데 두 번, 세 번, 요즈음은 네번. 걸음걸이도 싫고 앉아도 누워도 숨이 찬다 그러자 약 타는 날 9월17일날 기다렸다 16호 태풍이 왔다 진주를 가는데 비가 와서 앞이 안 보일 정도로 비가 내린다 병원에 가서 의사에게 모든 것을 이야기하고 초음파 촬영실 신경생리 검사실 갔다 CT도 찍었다 결과 보니 좋지 못하다 살아가기가 어렵다, 이 마음이 들더라 왜 내가 이런 고통을 당했나 내 자신이 원망했다 병원에서 나와서 약타고 순점이 집에서 점심을 먹고 혜경이 집 가서 혜경이 만나고 효진이 집 가서 저녁식사하고 왔다

10월 21일 재경이 결혼날이다 어제 아들이 와서 결혼식 참석하겠냐고 했다 내 몸이 괴롭다하니 참석안하기로 약속했다 날이 밝아 하늘 맑고 구름 한 점 없다 11시가 되니 모두가 왔다 을임 부부 화용이 부부 영미 부부 영옥이 아들 딸 팔용 부부가 의료원에 와서 면회를 했다 휠체어를 태우고 병원 한 바퀴 돌았다 한 서방이 밀었다 모두가 4시쯤 각각 자기 집으로 갔다 병실에 오니 인슐린 맞을 시간이었다

비가 올라나 몸이 으슬으슬 아팠다 발목도 허리도 어깨도 쑤시고 아프다 주무르고 두드리고 했다 밤 8시 팔용이가 (자기 집에) 도착, 영미도 도착, 영옥이 10시쯤 도착했다 그래서 안심하고 잠이 들었다

다음날 아침이 되었다

다음날 아침이 되었다 비가 네린다 아침밥을 먹었다 아들이 왔다 조금있다가 퇴원하기를 했다 막네아들 가지고 온 두유 영옥가 과자 보호사와 같이 나뉘어 먹었다 샤우실 가서 발을 씩고 아들이 신을 사주였을 것 신고 잘 쉬고 왔다 운동을 한 밖이 돌고 병원실 왔다

--

다음날 아침이 되었다 비가 내린다 아침밥을 먹었다 아들이 왔다 조금 있다가 퇴원하기로 했다 막내아들 가지고 온 두유, 영옥 가(져온) 과자(를) 보호사와 같이 나누어 먹었다 샤워실 가서 발을 씻고 아들이 신을 사주었던 것 신고 잘 씻고 왔다 운동을 한 바퀴 돌고 병원실(로) 왔다

퇴원을 했다

10月 29日 퇴원를 했다 순점맥가서 하루밤을 잤다

다음날 영자집에 가서 전어회집에 갔다

삼천포로 갔다 전복죽을 먹고 해안도로 오면서 구경을 하면서 왔다

집이 와보니 햇비도 잘 있고 닭이 알를 많이 낙고 은행나무는 잎이 뜰

어지고 추억은 눈물을 헐어는 갔다

--

10월 29일 퇴원을 했다 순점 집 가서 하룻밤을 잤다

다음날 영자 집에 가서 전어회집에 갔다

삼천포로 갔다 전복죽을 먹고 해안도로 오면서 구경을 하면서 왔다 집에 와보니

해피(강아지)도 잘 있고 닭이 알을 많이 낳고 은행나무는 잎이 떨어지고 추억은 눈

물이 흐르는 (것) 같다

철현이 모친이 80세라

11月 3日

다음날 일 철현이 모친이 80세라 우리 마을 나많은 할매들을 전도 한 우식당에 모셔서 식사를 했다 잘 먹고 왔다

영옥이 영미 집에 왔어 서로 이야기하고 시간을 보냈다 영미는 1時間 쯤 있다가 갔고 영옥이는 하루밤 자고 갔다

비가 온다 에배당에 가서 여려 성도님을 많나보니 반갑다

--

11월 3일

다음날이 철현이 모친이 80세라 우리 마을 나이 많은 할매들을 전도 한우식당에 모셔서 식사를 했다 잘 먹고 왔다

영옥이, 영미(가) 집에 와서 서로 이야기하고 시간을 보냈다 영미는 1시간쯤 있다가 갔고 영옥이는 하룻밤 자고 갔다

비가 온다 예배당에 가서 여러 성도님을 만나보니 반갑다

마당가에 한 그루 은행나무는

마당가에 한구룸 은행나무는 왜로히 서있다

나겊이 한잎두잎 떨었진다 고전땍이 놀어왔다

정신엽시 두리 않자서 있어다 하루날이 지내갔다

오늘은 햇빛도 나지않고 흐른다 쌀쌀하게 춥다

참바람이 불고 있다

고구마를 먹으니 영옥이 생각이 나서 전화통화를 했다

대문밖에 잊은 치자나무 열매가 주령주령 열허 있었다

나는 그 열매를 닸다 이웃집과 나뉘어 가졌다

--

마당가에 한 그루 은행나무는 외로이 서있다

낙엽이 한 잎 두 잎 떨어진다 고전댁이 놀러왔다

정신없이 둘이 앉아서 있었다 하룻날이 지나갔다

오늘은 햇빛도 나지 않고 흐리다 쌀쌀하게 춥다

찬바람이 불고 있다

고구마를 먹으니 영옥이 생각이 나서 전화통화를 했다

대문밖에 있는 치자나무 열매가 주렁주렁 열려 있었다

나는 그 열매를 땄다 이웃집과 나누어 가졌다

고마워라 목사님

11月 7日

고마워라 목사님, 오늘도 안부전화가 왔다. 아침 8時쯤 뒤였다.

오늘은 콩를 살마서 된장을 만들었다

오후에 한진택배가 왔다 재주도 밀감이 왔다

필용이가 부첫다 밀감상자를 여려보니 성별도 아니하고 그냥그대로 담았들아 큰 것도 있고 땡주만한 밀감이 들아 날이 발갔다 감자를 깍가 국를 끌였다 먹었다

　지난 토요일에도 식당에 가는되 오늘도 기한이 모친이 80세라 사천 토단오리집가서 식사를 하고 왔다

　오후에는 목욕하고 왔다 힘이 들었다

　다음날 오후에는 바람이 불어서 쌀쌀한 참바람이다

은행나무는 한 잎도 없이 다 떨어저서 가지만 난 다

이산 저산 산마다 보기좋기 물들이 있다

너무 보기가 좋다

은행나무야 은해나무야 너는 왜로히 서있나

참바람이 불고 눈바람 비바람 다 이기네고

다뜬한 봄오니 파랑 싹이나면 점점 자라서

나뭇가지를 덥고 거널이 되어서

우리 들이 자연바람 속에 놀고 있었지

읗냉나무야 2012년 지나가고 네년에 많나자

안년히 잘 있어라

--

11월 7일
고마워라 목사님 오늘도 안부전화가 왔다 아침 8시쯤 되었다
오늘은 콩을 삶아서 된장을 만들었다
오후에 한진택배가 왔다 제주도 밀감이 왔다 팔용이가 부쳤다 밀감상자를 열어
보니 선별도 아니 하고 그냥 그대로 담았더라 큰 것도 있고 탱자만한 밀감이더라
날이 밝았다 감자를 깎아 국을 끓였다 먹었다
지난 토요일에도 식당에 갔는데 오늘도 기환이 모친이 80세라 사천 토단오리집
가서 식사를 하고 왔다
오후에는 목욕하고 왔다 힘이 들었다

다음날 오후에는 바람이 불었다 쌀쌀한 찬바람이다
은행나무는 한 잎도 없이 다 떨어져서 가지만 남았다
이산 저산 산마다 보기 좋게 물들었다
너무 보기가 좋다

은행나무야, 은행나무야 너는 외로이 서있나
찬바람이 불고 눈바람 비바람 다 이겨내고
따뜻한 봄 오니 파란 싹이 나면 점점 자라서
나뭇가지를 덮고 그늘이 되어서
우리들이 자연바람 속에서 놀고 있었지
은행나무야 2012년 지나가고 내년에 만나자
안녕히 잘 있어라

뉴스에 통영조선가 말이 아니더라

2012年 11月 13日

11일 밤 11時 느스에 통영 조선소가 말이 아니드라 직원이 일자리를 읽고 단 일자리를 착고 있다고 하다 물양이 없었어 일를 못한다 기업이 사라야 경제가 살아야지

--

2012년 11월 13일

11일 밤 11시 뉴스에 통영 조선소가 말이 아니더라 직원이 일자리를 잃고 딴 일자리를 찾고 있다고 한다 물량이 없어서 일을 못한다 기업이 살아야 경제가 살아나지

오늘 밤에는 큰아들 가족이

2012年 11月 14日

오늘 밤에는 큰아들 가족이 우리집에 모인다 하다 오후 7시에 퇴근이
라 늦에 온단다 아들이 염소고기 닭고기 가지고 왔다 매칠 전에 염소를
잡아가든이 염소고기 꾹고 닭고기를 삼고 가족꺼리 모여섰다 한 상에
모였서 맛있게 먹었다 참 좋았들아 11時쯤 다 갔다 혼자서 누었다가 않
자다가 잠이 들지를 않는다

--

2012년 11월 14일

오늘 밤에는 큰아들 가족이 우리 집에 모인다 한다 오후 7시에 퇴근이라 늦게 온
단다 아들이 염소고기, 닭고기 가지고 왔다 며칠 전에 염소를 잡아가더니 염소고
기 굽고 닭고기를 삶고 가족끼리 모였었다 한 상에 모여서 맛있게 먹었다 참 좋았
더라 11시쯤 다 (돌아)갔다 혼자서 누웠다가 앉았다가 잠이 들지를 않는다

다음 날 밤 텔레비전을 보고

11月 14日

다음날 밤 뗄래비를 보고 성경책 한 절 일고 잠자리에 눕었다

전화가 왔다 여보세요 영미 목소리 왠일이지 영미가 전희를

맨마디 하고 영옥이였다 30분이나 전화를 했다 기분이 좋은 이야기를

하고난이 대화를 할 딸이 있었이 좋다

--

11월 14일

다음날 밤 텔레비전을 보고 성경책 한 절 읽고 잠자리에 누웠다

전화가 왔다 여보세요 영미 목소리 웬일이지 영미가 전화를……

몇 마디 하고(나니) 영옥이였다 30분이나 전화를 했다 기분이 좋은 이야기를 하고나니 대화를 할 딸이 있어서 좋다

병원에서 4개월이 지나고

2013. 5. 10

병원에서 4개월이 지나고 3月 11日에 집에 왔다

집에 오니 가아지가 개아기를 6마리를 낳다

잘 자라서 각각 자기 집으로 갔 잘 자라고 있겠지

하루 일기를 썰아해도 하루날이 잊저버리고

생각이 안나나서 못석고 또 지나가고 차이필 못썼다

오늘을 5월달이라 생각이 나서 서본다

먼저 일기 쓴 것을 보니 말도 아니고

글자도 아니고 그래서 부꾸려워 쏫지를 못했다

아무리해도 글이 안되고 말도 안된다

오늘은 우채국에서 신발이 소포를 왔다

내가 건강했야지 암~꼭 건강해야지

옷도 사주고 신도 사주고 돈도 주고 이런 행복해요

먹을것도 사고 왜식도하고 구경도 했어요

논반기가 왔다 못판도 하고 빈밭에 씨았도 였고

더위지안고 춥지도 안고 공기 좋은 노촌이다

토요일에 자녀들이 모인날이다

나는 이날을 기다리고 있셨다

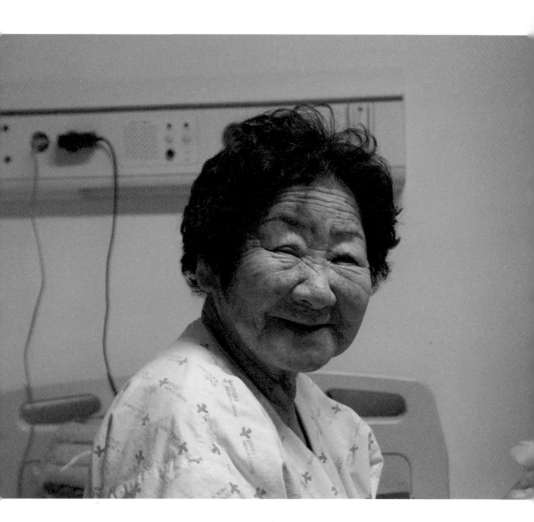

--

2013. 5. 10

병원에서 4개월이 지나고 3월 11일에 집에 왔다

집에 오니 강아지가 개 아기 6마리를 낳았다

잘 자라서 각각 (분양된) 자기 집으로 가 잘 자라고 있겠지

하루 일기를 쓰려고 해도 하루 날이 잊어버리고

생각이 안 나서 못쓰고 또 지나가고 차일피일 못썼다

오늘은 5월달이라 생각이 나서 써본다

먼저 일기 쓴 것을 보니 말도 아니고

글자도 아니고 그래서 부끄러워 쓰지를 못했다

아무리해도 글이 안 되고 말도 안 된다

오늘은 우체국에서 신발이 소포로 왔다

내가 건강해야지 암~ 꼭 건강해야지

옷도 사 주고 신도 사 주고 돈도 주고 이리 행복해요

먹을 것도 사고 외식도 하고 구경도 했어요

농번기가 왔다 모판도 하고 빈 밭에 씨앗도 넣고(뿌리고)

덥지도 않고 춥지도 않고 공기 좋은 농촌이다

토요일에 자녀들이 모이는 날이다

나는 이 날을 기다리고 있었다

조합에서 화분을 한개 가지고 왔는데

3월 22일에 조합에서 화분을 한게 가지고 왔는되 꽃이 활짝피였다 오늘날까지 피였다 48일째였다 참 오래 피였다 밤에는 비가 완은되 오늘 날씨가 막고 청명하다 오후에는 밭에 고사리 껑거려간다

5月두째주일에는 나의 자녀들이 모이날이였다 11날에 한사람 두사람 모인다 10일밤 11시쯤에 영옥, 팔용, 박서방, 유정이가 왔다 다음 아침 거창에서 왔다 오늘 토요일 목욕하는 날 변서방 목욕당까지 왔다 목욕를 하고 팔용이차료 타고 양보 중학교에 갔다 운동장을 발고 집으로 왔다 온 가족이 다 모였다 저녁이 되었다 마음이 쓸쓸했다 가슴이 또 앞으다

땀이 흘여다 또 춥다 이불을 두려시고 설펴다

3日을 방에 누어 있었다 신을 신고 마당에 나오니 다리가 발발 떨있다 보건소에가서 혈당도 재고 몸무게도 달아보고 갔더니 소장이 출장 가고 없었다 오후3시에 온대해 14일 오후 우유 배달이 왔다

미수금을 28000원을 주고 오늘부터 우유를 먹기을 했다

--

3월 22일에 조합에서 화분을 한 개 가지고 왔는데 꽃이 활짝 피었다 오늘날까지 피었다 48일째였다 참 오래 피었다 밤에는 비가 왔는데 오늘 날씨가 맑고 청명하다 오후에는 밭에 고사리 꺾으러 간다

5월 둘째 주일에는 나의 자녀들이 모인 날이었다 11날(일)에 한 사람 두 사람 모인다 10일 밤 11시쯤에 영옥, 팔용, 박서방, 유정이가 왔다 다음(날) 아침 거창에서 왔다 오늘 토요일(은) 목욕하는 날 변서방(이) 목욕탕까지 왔다 목욕을 하고 팔용이 차를 타고 양보 중학교에 갔다 운동장을 밟고 집으로 왔다 온 가족이 다 모였다 저녁이 되었다 마음이 쓸쓸했다 가슴이 또 아프다

땀이 흘렀다 또 춥다 이불을 둘러쓰고 슬펐다

3日을 방에 누워있었다 신을 신고 마당에 나오니 다리가 발발 떨렸다 보건소에 가서 혈당도 재고 몸무게도 달아보(려)고 갔더니 소장이 출장가고 없었다 오후3시에 온다해(온다네?) 14일 오후 우유 배달이 왔다

미수금을 28,000원을 주고 오늘부터 우유를 먹기로 했다

몸무게도 달고 혈당도 달고

5월 16일

몸 무기도 달고 혈단도 달고 몸도 어식어사 앞어서 보건소에 갔다 몸은 54키로 혈단은 90이였다

오늘이 지나면 3일간이 년후라 월요일 보건소 소장는 없고 진교 첫차를 타고 갔다 청의원에 갔다 가슴도 앞은고 머리도 앞았다 의사가 네 가슴에 소리가 낳다고 사진을 찍었보자 했다

머리도 찍고 가슴도 찍었다 해람이 있나요 안이요

해람을 재여보고는 정상이라요 그날 진찰비 4만원이래요

주사 한되 막고 천방서를 가지고 약방을 갔다

약값이 8500원이라요 시장에 가서 죽 한 거럭에 3000원은 죽을 먹었다 10000원을 주고 태시를 타고 집으로 왔다

오후에는 고사리 밭에 가서 고사리를 꺽었다

다음날 내 생일라고 거창 이현토에서 왔다가 갔다

생일날 이긋저긋 꺼려먹어라고 했다 몸도 것찬는되 생일이 못었기에 몸도 기찬다 순점이가 미역국 멸리치 부침 무나물 여려가지 왔음

또 오후 4시쯤 떡 택배가 왔음 노인정에서 나누어 먹였다

--

5월 16일

몸무게도 달고 혈당도 달고(체크하고) 몸도 으슬으슬 아파서 보건소에 갔다 몸은 54키로 혈당은 90이었다

오늘이 지나면 3일간이 연휴라. 월요일 보건소 소장은 없고 진교 첫차를 타고 갔다 청의원에 갔다 가슴도 아프고 머리도 아팠다 의사가 내 가슴에(서) 소리가 났다고 사진을 찍어보자 했다

머리도 찍고 가슴도 찍었다 혈압이 있나요? 아니요

혈압을 재어보고는 정상이라요 그날 진찰비 4만원이래요

주사 한 대 맞고 처방서를 가지고 약방을 갔다

약값이 8,500원이라요 시장에 가서 죽 한 그릇에 3,000원 하(는) 죽을 먹었다 10,000원을 주고 택시를 타고 집으로 왔다

오후에는 고사리 밭에 가서 고사리를 꺾었다

다음날 내 생일이라고 거창, 이현동에서(거창 큰 딸, 이현동 둘째딸) 왔다가 갔다

생일날 이것저것 끓여 먹어라 했다 몸도 귀찮은데 생일이 무엇이기에. 몸도 귀찮다 순점이가 미역국 멸치 부침 무나물 여러 가지 (해)왔음.

또 오후 4시쯤 떡 택배가 왔음. 노인정에서 나누어 먹었다

머리카락이 길어서

2013. 5. 25

머리카락이 길었어 미장원에 갔다

머리 파마를 하고 집으로 왔다

아들이 왔었다 큰고기를 두 마리를 사가지고 와구나

장년에도 큰고기를 꾸위가지고 왔어 잘먹었다

오후에는 고사리 밭에 가서 고사리를 껀었다

저녁에는 고기를 요리를 하고 밥을 잘 먹었다

--

2013. 5. 25
머리카락이 길어서 미장원에 갔다
머리 파마를 하고 집으로 왔다
아들이 왔었다 큰 고기를 두 마리를 사가지고 왔구나
작년에도 큰 고기를 구워가지고 와서 잘 먹었다
오후에는 고사리 밭에 가서 고사리를 끊(꺾)었다
저녁에는 고기(를) 요리를 하고 밥을 잘 먹었다

다음날 아침에 하늘에 구름이

26日

다음날 아침에 하늘에 구름이 곽지였다 오늘은 비가 온다 했다 오전에는 비가 오락가락 했고 오후에는 비가 시작했어 밤 세도록 150미리 왔다

거창 큰 딸이 반찬을 사가지고 왔다

나물 김치 고기 뽁금 여려가지 사가지고 왔구나

--

26일

다음날 아침에 하늘에 구름이 꽉 끼었다 오늘은 비가 온다 했다 오전에는 비가 오락가락 했고 오후에는 비가 시작해서 밤새도록 150미리(미터) 왔다

거창 큰 딸이 반찬을 사가지고 왔다

나물 김치 고기볶음 여러 가지 사가지고 왔구나

오늘은 노인정에서 삼계탕 먹으러 가는 날

28일

오늘은 노인정에서 상계당 먹어로 가는날 아침부터 비가 네린다 12시쯤에 비가 건쳤다 덕천마을에 가서 10개 거력을 사가지고 죽 모두가 먹였다 맞이 좋았더라

--

28일

오늘은 노인정에서 삼계탕 먹으러 가는 날. 아침부터 비가 내린다 12시쯤에 비가 그쳤다 덕천마을에 가서 10개 그릇을 사가지고 죽 (둘러앉아) 모두가 먹었다 맛이 좋(았)더라

가을이 왔다

가을이 왔다

들판에 나락이 황금빛이 물이 들었다

감나무 밭에는 주렁주렁 달인감이 발갰게 물들다

올해는 풍년이다

날씨가 쌀살하다

춥다 밖에 나가기가 실다

날씨가 춥어면 우리 노인들은 실다

빼 모디가 앞아

오늘은 토요일 목욕하는 날이다

목욕하는 날은

아침 첫차를 탄다

--

가을이 왔다
들판에 나락이 황금빛(이) 물이 들었다
감나무 밭에는 주렁주렁 달린 감이 발갛게 물든다
올해는 풍년이다

날씨가 쌀쌀하다
춥다 밖에 나가기가 싫다
날씨가 추우면 우리 노인들은
싫다
뼈마디가 아파

오늘은 토요일 목욕하는 날이다
목욕하는 날은
아침 첫차를 탄다

양보면 우남마을 유미 미용실

양보면 우남마을 유미 미용실에 파마 하려갔다

비가 네린다 날씨가 쌀쌀했다 미용실 문을 여니까 사람이 7 8名 모이 었라 한사람 한사람 머리 손질하고 네차래가 되였다 그때가 1時45分었 더라

12時가 너머서 식사를 하고 싶어서 보리밥집이 있다는되 물었다 아주 마가 밥을 해났어요 했다 아이 왠일인지 그 많은 사람이 다왔어 한상에 둘여 앉아서 밥을 먹었다 반찬이 9가지 였다

네 머리 손질하고 집으로 왔다 그기 가서, 양보마트에 가서 보리차, 물 티서, 볼편 사가지고 왔다

집에 와서 보일로 컸다 조금 이서라이까 방이 따뜻했다

배는 부려고 몸도 춥고 따신 방에 이서라이까 잠이왔다 한시간 자고 이려났다

길가는 사람 참물한그런도 공이라하다

배 곱품사람 밥 한그력 공이란다

--

양보면 우남마을 유미미용실에 파마하러 갔다

비가 내린다 날씨가 쌀쌀했다 미용실 문을 여니까 사람이 7, 8명 모였더라 한 사람 한 사람 머리 손질하고 내 차례가 되었다 그때가 1시 45분이었더라

12시가 너머서 식사를 하고 싶어서 보리밥집이 있다는데, 물었다 아줌마가 밥을 해놓았어요 했다 아이 웬일인지 그 많은 사람이 다 와서 한상에 둘러앉아서 밥을 먹었다 반찬이 9가지였다

내 머리 손질하고 집으로 왔다 거기 가서, 양보마트에 가서 보리차, 물티슈, 볼펜 사가지고 왔다

집에 와서 보일러 켰다 조금 있을라니까(있으니까) 방이 따뜻했다

배는 부르고 몸도 춥고 따슨(따스한) 방에 있을라니까 잠이 왔다 한 시간 자고 일어났다

길가는 사람 찬물 한 그릇도 공이라 한다

배고픈 사람 밥 한 그릇 공이란다

우리 지방에는 한 주마다

　우리 지방에는 한주에마다 한번 토요일 마다 목욕일날이다 목욕탕에
가서 따신 물에서 몸을 씩겨다 도움 아주마가 의지를 하고 살 식겼다
숨이 차서 식는되 힘이 들었다 아주마가 아저씨에게 전하를 한다 우리
를 되려 오라고 하다 조금 있어 아저씨가 왔다 차를 탔다 집에 갓가이
와실되 미안함이다 인사를 하고 네려다 점식 때 고등어를 구어 먹었다
　마당가에 은행나무 잎이 한잎 두잎 떨어지지만은 오늘은 눈송이처름
많이 잎이 네린다
　노랑 잎사기가 훨훨 나라간다

--

우리 지방에는 한주(에) 마다 한번, 토요일 마다 목욕(일)날이다 목욕탕에 가서 따스한 물에서 몸을 씻었다 도우미 아줌마(에게) 의지를 하고 살 씻었다 숨이 차서 씻는데 힘이 들었다 아줌마가 아저씨에게 전화를 한다 우리를 데리러오라고 한다 조금 있으(니) 아저씨가 왔다 차를 탔다 집에 가까이 왔을 때 미안합니다, 인사를 하고 내렸다 점심 때 고등어를 구어 먹었다

마당가에 은행나무 잎이 한잎 두잎 떨어지지만은 오늘은 눈송이처럼 많이 잎이 내린다

노랑 잎사귀가 훨훨 날아간다

오늘은 주일이었다

11월 2일 일요일

오늘은 주일였다 오전예베는 교회서 드리고 오후에는 굼호산 구고속 가에 정망데에 예배를 드리고 선물을 재비뽀바 각각 선물을 가졌다 날씨가 추었다

집에 오니까 고전댁이 감을 10게를 가지고 왔다 저번에 감 10게로 가져왔는되 또 가지고 왔다 고마워라

거실에 걸상에 앉자서 앞산을 보니까 우뚝서있는 감나무 빨간감 보기도 좋았더라 여기도 서있고 저기도 있고 감나무 산이라

--

11월 2일 일요일

오늘은 주일이었다 오전예배는 교회서 드리고 오후에는 금오산 구(舊) 고속도로가의 전망대에서 예배를 드리고 선물을 제비 뽑아 각각 선물을 가졌다 날씨가 추웠다

집에 오니까 고전댁이 감을 10개를 가지고 왔다 저번에 감 10개를 가져왔는데 또 가지고 왔다 고마워라

거실에 걸상에 앉아서 앞산을 보니까 우뚝서있는 감나무 빨간 감 보기도 좋았더라 여기도 서있고 저기도 있고 감나무 산이라

어제 교회차를 올라가는데

다음 날

어재 교회차를 올아가는데 다리가 올아 갈수가 없드라 아무리 힘를 주어도 오라갈수가 없드라 무릅은 굴고 기어올라 같으라 아직까지 일은일이 없드라

차에 네리고 걸어보니까 다리가 훌훌 떨이더라 집에 왔어 거실에서 걸어보니 다리가 힘이 없이 눈이 잘 보이지않고 귀가 잘 들어지않고 가슴이 찾어서 흡이 골았다

--

다음날

어제 교회차를 올라가는데 다리가 올라갈 수가 없더라 아무리 힘을 주어도 올라갈 수가 없더라 무릎을 꿇고 기어 올라갔더라 아직까지 이런 일은 없더라

차에(서) 내리고 걸어보니까 다리가 훌훌 떨리더라 집에 와서 거실에서 걸어보니 다리가 힘이 없이 눈이 잘 보이지 않고 귀가 잘 들리지 않고 가슴이 (숨이)차서 (호)흡이 괴로웠다

오늘은 보건소에 가서

오늘은 보건소에 가서 영양제를 맞았다

몸이 피곤해서 침대 위에 누어서니 박에서 사람 목소리 들었다

아들 머느리가 왔다 외국에 여행갔다 왔다. 간후에 몸이 아파서 병원
에 입원했서 일주일만에 퇴원하여 집으로 왔다

올 농사가 잡초가 많나서 야미롤 사가지고 왔다

나락을 칙였다 풀,피를 골류고 나락을 방았을 쩍었다 그레 힘든 일를
했다 올해는 감 풍년이라 이집감 저집 감을 가지고 온다

--

오늘은 보건(진료)소에 가서 영양제를 맞았다
몸이 피곤해서 침대 위에 누워있으니 밖에서 사람 목소리 들렸다
아들 며느리가 왔다 외국에 여행 갔다 왔다 간 후에 몸이 아파서 병원에 입원해
서 일주일 만에 퇴원하여 집으로 왔다
올 농사가 잡초가 많아서 야미를 사가지고 왔다
나락을 찧었다 풀, 피를 고르고 나락을 방아를 찧었다 그렇게 힘든 일을 했다
올해는 감 풍년이라 이집 저집 감을 가지고 온다

아침 날씨가 좋다

6일

아침 날씨가 좋다 구름한장 없이 좋은 날이다

순점이가 전화를 하다 어머니 오늘 구경하려가자 하다

진주 언이가 밥하고 고기하고 사가지고 야외에 가서 먹자하다

10시쯤 가니까 약 챙기고 준비하고 있어야 하다

조금 있서라니 거창가족 진주가족 순점가족 다 모였다

차 한차에 칠명 타고 절라도 갈데밭에 갔다

표는 무상이고 들어갔다 헐터를 두게 빌었서 딸이하고 탔다 딸은 무릎수술을 하였다 갈데밭에 구경하고 주창옆에서 식사를 했다 그기서 쉬고 순천막에 들려갔다 기차를 타고 한박기돌고왔다 하루 여행을 잘했다 아쉬위기는 탕푼 구경을 못했다

--

6일

아침 날씨가 좋다 구름 한 장 없이 좋은 날이다

순점이가 전화를 한다 어머니 오늘 구경하러가자 한다

진주 언니가 밥하고 고기하고 싸가지고, 야외에 가서 먹자 한다

10시쯤 가니까 약 챙기고 준비하고 있어야 한다

조금 있으니 거창가족 진주가족 순점가족 다 모였다

차 한차에 칠 명 타고 전라도 갈대밭에 갔다

표는 무상이고 들어갔다 휠체어를 두 개 빌려서 딸하고 탔다 딸은 무릎수술을 하였다 갈대밭에 구경하고 주차장 옆에서 식사를 했다 거기서 쉬고 순천만에 들렀다 기차를 타고 한 바퀴 돌고 왔다 하루 여행을 잘했다 아쉽기는 탕푼(?) 구경을 못했다

오늘은 토요일

오늘은 토요일 목욕하는 날이다

목욕간에 들어가면 숨이 찬다 도움이가 머리 간기고 덩을 민다 몸을

깨끗이 식교 왔다

--

오늘은 토요일, 목욕하는 날이다

목욕간에 들어가면 숨이 찬다 도우미가 머리 감기고 등을 민다 몸을 깨끗이 씻고

왔다

날이 밝았다

날이 발갔다 아침이 되였다 바람이 살살분다

은행나무 잎이 다 덜어져서 본되 모습비 낫타난다

죽은나무가 삼월이 된이까 포른잎이 되여서 잎이 되였어 거널이 되였다 우리는 여름 동안 쉰운한 거늘에서 놀았다 어느날 다풍이 들기 시작 하였다 멋칠후에 노락에 물더려 었다 한 잎 두 잎 떠려진다 바람이 불려니까 줄줄 떠려진다 임동이 지나가니 쇠지않고 떠려진다 비가오고 바람분이까 다 떨어지고 웬 모습이 났다난다 즉은처름 왜로이 서있다 후년에 다시보자

--

날이 밝았다 아침이 되었다 바람이 살살 분다

은행나무 잎이 다 떨어져서 본디 모습이 나타난다

죽은 나무가 삼월이 되니까 푸른 잎이 되어서, 잎이 되어서 그늘이 되었다 우리는 여름 동안 시원한 그늘에서 놀았다 어느 날 단풍이 들기 시작하였다 며칠 후에 노랗게 물들었다 한 잎 두 잎 떨어진다 바람이 부니까 줄줄 떨어진다 입동이 지나가니 쉬지 않고 떨어진다 비가오고 바람 부니까 다 떨어지고 웬 모습이 나타난다 죽음처럼 외로이 서있다 후년에 다시보자

오늘은 일요일이다

11. 30

오늘은 일요일이다 아침부터 비가 내린다

오전 10시까지 비가 끈치다 교회에 가서 예배를 맞이고 교육관에가서 점심 식사 맞이다 이웃초청 집회에 많은 사람이 참석했다 저녁 7시에는 탈랜트 김 민정 권사 이웃주민들을 모시고 초청집회를 가지게 되였다 참 바람이 많이 분다 칼바람이다 곰짝도 안고 집안에서 뱅뱅 돌랐다 감기에 걸이가 조심이 했다 우물에 물이 얼고 올거울에 첫추왔다 우리집에 뱅아리가 춥어서 삐약삐약 울고만 있다 방이 춥어서 불을 많이 올이고 있었다

아— 참 3일 전에 천안서 택배가 왔다

떡과 누룬지가 왔단다 12월 1일 첫 추위 시작이다

--

11. 30

오늘은 일요일이다 아침부터 비가 내린다

　오전 10시까지 비가 그치다 교회에 가서 예배를 마치고 교육관에 가서 점심식사 마치다 이웃초청 집회에 많은 사람이 참석했다 저녁 7시에는 탤런트 김 민정 권사 이웃주민들을 모시고 초청집회를 가지게 되었다 참 바람이 많이 분다 칼바람이다 꼼짝도 않고 집안에서 뱅뱅 돌았다 감기에 걸릴까 조심했다 우물에 물이 얼고 올겨울에 첫추위다 우리 집에 병아리가 추워서 삐약삐약 울고만 있다 방이 추워서 불을 많이 올리고 있었다

　아— 참 3일 전에 천안서 택배가 왔다

　떡과 누룽지가 왔단다 12월 1일 첫 추위 시작이다

올해는 첫 추위가

2013. 12. 1

올해는 첫추위가 12월1일부터 왔다 바람이 불고 춥다 방에 안잦서야 바람이 설설 드려온다 참 춥다 다음날은 더 많이 추워졌야

거 추원날 명교 이 장노님이 지남부락에 박 장노님 댁에 축사 지붕이 나라가서 이 장노님이 그기 도워로 갔다 지붕에 3명이 올아가서 일한은 중에 갑짝이 바람이 불어 지분이 떨어져서 3명이 떨어적다 이 장노가 뇌 출악에 숨을 거두워다

5일에 첫눈이 내렸다 산도 하약고 들도 하았다 지붕 위에 눈이 싸였다

--

2013. 12. 1

올해는 첫추위가 12월1일 부터 왔다 바람이 불고 춥다 방에 앉아 있어야 바람이 슬슬 들어온다 참 춥다 다음날은 더 많이 추워졌다

그 추운 날 명교 이 장노님이 지남부락에 박 장노님 댁에 축사 지붕이 날아가서 이 장노님이 거기 도우러갔다. 지붕에 3명이 올라가서 일하는 중에 갑자기 바람이 불어 지붕이 떨어져서 3명이 떨어졌다 이 장노가 뇌출혈에 숨을 거두었다

5일에 첫눈이 내렸다 산도 하얗고 들도 하얗다 지붕 위에 눈이 쌓었다

노인정에서 놀다가

노인정에 놀다가 집에 온다고 문을 열고 보니 우리집 앞에 사람이 우둑서 있드라 먼대서 보니까 누구가 알수가 없드라 가까이 오니까 아들과 머니리 손자 였들라 소식도 없이 오니까 다욱 반갑드라 차를 타고 진교면술사 마을 뒤산에 낙골당에 가서 인사하고 노랑 대교밑으로 저나서 신노랑으로 갔다 돌솟밥을 먹고 노랑 성창가에 구경을 하고 등대 밑태 까지갔다 순천에서 불빛이 너무 좋더라

--

노인정에(서) 놀다가 집에 온다고 문을 열고 보니 우리 집 앞에 사람이 우뚝 서 있더라 먼데서 보니까 누군가 알 수가 없더라 가까이 오니까 아들과 며느리 손자였더라 소식도 없이 오니까 더욱 반갑더라 차를 타고 진교면 술상마을 뒷산의 납골당에 가서 (영감한테) 인사하고 노량대교(남해대교) 밑을 지나서 신노량으로 갔다 돌솥밥을 먹고 노량 선창가에 구경을 하고 등대 밑에까지 갔다 (멀리) 순천에서 (보이는) 불빛이 너무 좋더라

날이 밝았다

날이 발갓다 아침이 되였다 올해는 맞어막 날이다 자녀가 온는 날이 다 마음이 기뻐다 음식를 만든 날이다 나는 아무것도 만들 수가 없다
　　--

날이 밝았다 아침이 되었다 올해는 마지막 날이다 자녀가 오는 날이다 마음이 기쁘다 음식을 만드는 날이다 나는 아무것도 만들 수가 없다

진도 앞바다에 세월호 침몰

2014. 5. 6

진도 앞바다에 새월호 칠모 오늘이 20일 되였다

5月 6日 석가탄신일 날이다

이집 저집 자녀들이 왔어 놀오가고 없다 고전떡하고 나하고 남았다

은행나무 거늘 밑에서 둘리서 안자서 왜로위다

　오후에는 집에가서 추위서 나오지 안고 방에만 있어다

　아들과 머느리가 왔다 찰떡 고추전 가지고 잘 먹었다

　자녀가 채고야 그만 가셨다

--

2014. 5.6
진도 앞바다에 세월호 침몰 오늘(이) 20일 되었다
5월 6일 석가탄신일(날)이다
이집 저집 자녀들이 와서 놀러가고 없다 고전댁 하고 나하고 남았다
은행나무 그늘 밑에서 둘이서 앉아서 외로웠다
오후에는 집에 가서 추워서 나오지 않고 방에만 있었다
아들과 며느리가 왔다 찰떡 고추전 가지고(와서) 잘 먹었다
자녀가 최고야. 그만 가셨다(가버렸다)

8일은 어버이날이다

8日에는 어버이날이다 아침 일치기 화용가 전화가 왔다

또 조금 이서라이 영미에게 전화가 왔다

요양원 지구이 왔어 꽃을 가슴에 다라주고

바지 1장 양발을 가지고 왔다

어버이날을 위하여 노인정에서 간짜장을 머겄다

오후 치과에 가서 치로를 하고 마늘쪽를 사고지고 왔다

울밑에 쑥을 배가지고 잎을 따가지고 말았다

--

8일은 어버이날이다 아침 일찍이 화용이가 전화가 왔다 또 조금 있을라하니 영미에게(서) 전화가 왔다 요양원 직원이 와서 꽃을 가슴에 달아주고 바지 1장, 양말을 가지고 왔다

어버이날을 위하여 노인정에서 간짜장을 먹었다

오후, 치과에 가서 치료를 하고 마늘쫑을 사가지고 왔다

(누군가가) 울(타리)밑에 쑥을 배어가고 잎을 따가고 말았다

오월은 가정의 달이다

오월은 가정의 달있다

「오월 일 근로자의 날

오월 오일 이날 어린이날

오월 육일 날 석가 탄생

오월 팔 이날 어버이 날

오월 십 이날 바다식목일

오월 십일 날 입양의 날

오월 이십 일 부부의 날」

勞動者 防災 夫婦

釋迦誕辰日 世界

入養 發明

家庭 民主化運動日

--

오월은 가정의 달이다

오월 일일 근로자의 날
오월 오일 어린이 날
오월 육일 석가탄신일
오월 팔일 어버이 날
오월 십일 바다식목일
오월 십일일 입양의 날
오월 이십일 부부의 날

(한자 연습)

오월에는 지방구경도 많았다

오월에는 지방구경도 많았다 외식도 하고 지주 놀았다 즐거계 오월이 지나갔다

음역은로 5月 3日 큰아들 생일였 이 지방에는 모네기가 시작이다 진주에서 순점이가 왔다 장어국 과일 가지고 식구가 다 왔다 다음날 목사님과 정집사님과 다섯이 사천에 식당에 외식를 했다 5月 한달이 물 네리 가별있다

--

오월에는 지방구경도 많았다 외식도 하고 자주 놀았다 즐겁게 오월이 지나갔다

음력으로 5월 3일은 큰아들 생일이었다 이 지방에는 모내기가 시작이다 진주에서 순점이가 왔다 장어국, 과일 가지고 식구가 다 왔다

다음날 목사님과 정 집사님과 다섯이 사천에 식당에 외식을 했다 5월 한 달이 물 흐르듯이(?) 가버렸다

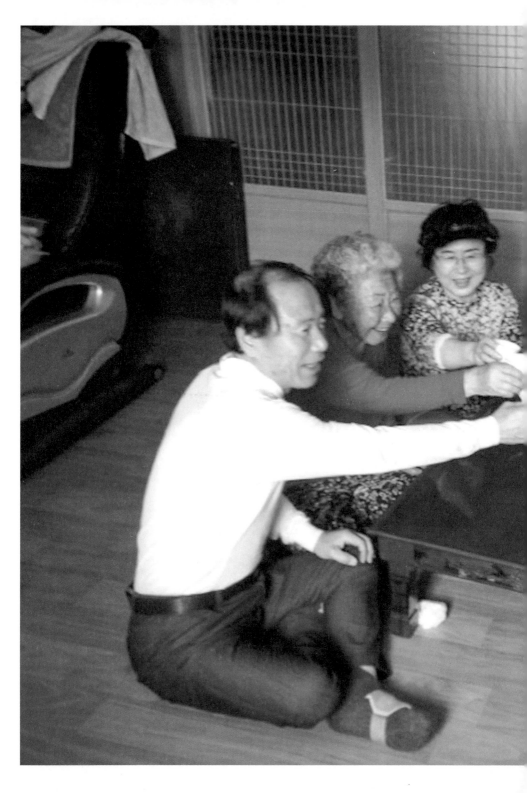

아침에 날이 밝았다

2014년 6월달.

아침에 날이 발았다 창문을 네다보니 구름이 찍었다 일요일이였다 싸워를 하고 깻것한 마음으로 교회에 갔다 여려 신도를 만았다 주님께 기도를 드리고 예배를 맞이고 식사를 하고 치구와 토론도 하고 하룰날이 갔다

오늘은 지방성거 나리다 잘 선택하여 우리 나라를 잘 사는 나라가 되얐지 부정 부패 없는 나라 좋은 나라

--

2014년 6월.

아침에 날이 밝았다 창문을 내다보니 구름이 끼었다 일요일이었다 샤워를 하고 깨끗한 마음으로 교회에 갔다 여러 신도를 만났다 주님께 기도를 드리고 예배를 마치고 식사를 하고 친구와 토론도 하고 하룻날이 갔다

오늘은 지방선거 날이다 잘 선택하여 우리나라를(가) 잘 사는 나라가 돼야지 부정부패 없는 나라 좋은 나라

아침 날씨가 흐리다

아침 날씨가 흐르다 비가 올것 같다

날씨 닫씨지 몸이 힘이 없고 오몸이 쑤시고 앞었다

비가 네린다

날씨가 쌀쌓하고 춥다

끔은 구룸 무섭게도 뜨오르다

아마 오늘은 비날이 되겠같다

갈치를 구어가지고 아침 밥을 먹었다 맛이 있어다

어제 순점이가 사가지고 왔다

--

아침 날씨가 흐리다 비가 올 것 같다
날씨 탓인지 몸이 힘이 없고 온몸이 쑤시고 아프다
비가 내린다
날씨가 쌀쌀하고 춥다
검은 구름 무섭게도 떠오른다
아마 오늘은 비(오는)날이 될 것 같다
갈치를 구어가지고 아침밥을 먹었다 맛이 있었다
어제 순점이가 사가지고 왔다

아침부터 비가 온다

아침부터 비가 온다

오늘은 많은 비가 온다다

설온되 걱이 운동하러 나갔다

얼굴에 참참비가 내린다

선선해서 좋다

동네 한박이 돌고

비는 줄줄 내린다

--

아침부터 비가 온다
오늘은 많은 비가 온단다
싫은데 기어이 운동하러 나갔다
얼굴에 찹찹(하게) 비가 내린다
선선해서 좋다
동네 한 바퀴 돌고
비는 줄줄 내린다

오늘은 구름 한 점 없이

오늘은 구름한점없이 하늘을 맑다 이 좋은 날시에 무엇을 할까 아들이 왔다 스래트 시붕에는 호박이 줄려줄렁

　--

오늘은 구름 한점 없이 하늘이 맑다 이 좋은 날씨에 무엇을 할까 아들이 왔다 스레트 지붕에는 호방이 주렁주렁

자고 일어나니 온 몸이 물에 젖은 것처럼

2014. 6

자고 일러나니 오몸이 물에 건저것 처름 흡닥 저저 있다 담이 식어 몸이 찹다 춥다 한기가 든다 요저음는 머리가 앞아서 정신이 멍멈하다 아무 생각이 아니 난다 그만 이저별이고 다리도 아푸고 무릅이, 허리 다리가 앞았어 걸어 다니수도 없고

숨이 차서 왜 나에게 이런 고통를 주는고

--

2014. 6

자고 일어나니 온 몸이 물에 젖은 것처럼 홈빽(흠뻑) 젖어 있다 땀이 식어 몸이 찹다(차갑다) 춥다 한기가 든다 요즘엔 머리가 아파서 정신이 멍멍하다 아무 생각이 아니 난다 그만 잊어버리고, 다리도 아프고 무릎이, 허리, 다리가 아파서 걸어 다닐 수도 없고

숨이 차서, 왜 나에게 이런 고통을 주는고

자고 일어나니 하늘이 흐리다

자고 일어나니 하늘이 흘어다

지바이를 직고 마을을 걸어다

가다보니 비가 네린다 하방을

하방을 네리는 비가 내몸에

뜰어진다 한 방울 하방울 마저면서

걸어갔다 시울고도 참참해서 좋다

동네 한 바귀를 돌았다

하방울식 오는 비가 네옷자락을 저진다

비는 건치다 햇빛은 났다

오늘은 데게 덥개다

무더운 날시다

--

자고 일어나니 하늘이 흐리다
지팡이를 짚고 마을을 걸었다
가다보니 비가 내린다 한 방울

한 방울 내리는 비가 내 몸에
떨어진다 한 방울 한 방울 맞으면서
걸어갔다 시원하고도 찹찹해서 좋다
동네 한 바퀴를 돌았다
한 방울씩 오는 비가 내 옷자락을 적신다
비는 그쳤다 햇빛은(이) 났다
오늘은 데게(몹시) 덥겠다
무더운 날씨다

날이 밝아 일어났다

날이 밝아 일어났다 오늘은 진교 장례식장 문상 갔다 사람도 많고 꽃도 많다 무덤은 홍평 산으로 온다

사람은 죽으면 하늘나라 가면 서로 많아 볼가

소오산에 눈이 하야게 내리고 중어리는 해빛이 나다

--

날이 밝아 일어났다 오늘은 진교 장례식장 문상 갔다 사람도 많고 꽃도 많다 무덤은 홍평 산으로 온다

사람은 죽으면 하늘나라 가면 서로 만나볼까

소오산에 눈이 하얗게 내리고 중허리는 햇빛이 난다

설음식 하다가

설 음석하다가 가스가 껏지갑아 준비로서 가스를 불었다 한통에 39000원였다 우리 마을에는 장사가 온다 식품장사가 왔이 여려 가지 사다 명태 오땡 닥알 참기름 3마원를 사다 큰 아들이 딸이 고기 가지고 왔어 먹었다

--

설음식 하다가 가스가 꺼질까 봐 준비로서 가스를 불렀다 한통에 39,000원이었다 우리 마을에는 장사가 온다 식품장사가 와서 여러 가지 샀다 명태, 오뎅, 달걀, 참기름 3만원(어치)를 샀다 큰아들과 딸이 고기 가지고 와서 먹었다

우리 마을은 백원짜리 택시가 있다

우리 마을은 백원지리 택시가 있다 진교장날이 되면 65세 이상 할머니를 요금 없이 이용하다 나는 오늘 진교장에 갔다 나믈을 샀다 불가리스를 한병먹어다 배가 실실 앞어다 밤에 자다가 위로 알로 설사 토위고 배가 많이 앞아다

--

우리 마을은 백원짜리 택시가 있다 진교장날이 되면 65세 이상 할머니를(는) 요금 없이 이용한다 나는 오늘 진교장에 갔다 나물을 샀다 불가리스를 한 병 먹었다 배가 실실 아프다 밤에 자다가 위로 아래로 설사 토하고 배가 많이 아프다

그 뒤로는 늘 배가 아프다

그뒤로는 늘 배가 앞아다 먹어도 앞아 굴머도 앞아 보름날 밥도 몬 먹고 보건소 갔다 주사 막고 약를 사가지고 왔다 하루 종일 있섰다 아무도 전화도 없고 차자보지도 않은더라

뜻박게 화용이가 전화 왔드라

어머니 보름에 맞이 해가지고 먹어서요

오냐하고 반갑드라

오늘은 날씨가 흐르서 달구경도 못해다

--

그 뒤로는 늘 배가 아프다 먹어도 아파 굶어도 아파 보름날 밥도 못 먹고 보건(진료)소에 갔다 주사 맞고 약을 사가지고 왔다 하루 종일 있었다 아무도 전화도 없고 찾아보지도 않더라

뜻밖에 화용이가 전화 왔더라

어머니 보름에 (보름)맞이 해가지고 먹었어요?

오냐 하고 반갑더라

오늘은 날씨가 흐려서 달구경도 못했다

삼일절, 유관순 앞장서서

서기 1919. 3. 1. 독립 만세

삼일절 유관순 앞장서서 만세소리 울러마 왯쳐다 집집마다 만세소리

울려다

오늘은 2월 마지막 주일였다 아침 6時부터 雨가 내린다 첫 봄비다

입 맞이 없서서 먹은 때도 읽고 물 마실도 있고

오후에는 雪雨이 네리다 바람이 불고 차가워 눈 네리고 춤다

--

서기 1919. 3. 1 독립만세

삼일절, 유관순 앞장서서 만세소리 울려라 외쳤다 집집마다 만세소리 울렸다

오늘은 2월 마지막 주일이었다 아침 6시부터 雨(비)가 내린다 첫 봄비다

입맛이 없어서 먹을 때도 잊고 물 마실 (일)도 잊고……

오후에는 雪雨이(눈비가) 내린다 바람이 불고 차가운 눈 내리고 춥다

백원짜리 택시를 탔다

3. 3. 日 朝 白원자리 택스를 타다 진교에 내리 약국에 들었다 약을 사 가지고 안경점에 들였다 집 왔다 여사님 죽한글 껄어주셔요 했다 아- 구 힘도 없다 경노당에 놀다가 時間이 되었어 家로 왔다 해여지기 아쉬어 門박개 3人이 앉아서 놀았다 아들 찰밤 가지고 왔다 떳바게 일려였 다 생각도 아니했다 셋이 나눠먹였다

--

3월 3일 아침에 백 원짜리 택시를 탔다 진교에 내려 약국에 들렀나 악을 사가지 고 안경점에 들렀다 집(에) 왔다 여사님(요양사) 죽 한 그릇 끓여주세요, 했다 아~구 힘도 없다 경로당에(서) 놀다가 시간이 되어 집으로 왔다 헤어지기 아쉬워 문밖에 3인이 앉아서 놀았다 (큰)아들(이) 찰밥(을) 가지고 왔다 뜻밖의 일이었다 생각도 아 니 했다 셋이 나누어 먹었다

오후에 아들이 왔다

3월 26일 오후에 아들이 왔다 나는 진교을 갔다 이긋저긋 사가지고 왔다 감기 주사 맞지로 보건소에 갔다 소장이 없었다 조합에 가서 노려 연금 차자서 비누 비료 차기름 샀다

다음날 거창에서 부부가 왔다 하동 송림에 가서 좋은 공기 마시고 놀 았다 섬진강에 할매 재첩국 집에서 식사을 했다 오늘는 목욕 하는 날있 다 매주 토요일 날이 파마 하는 날있다

--

3월 26일 오후에 아들이 왔다 나는 진교를(에) 갔다 이것저것 사가지고 왔다 감기 주사 맞으러 보건소에 갔다 소장이 없었다 조합에 가서 노령연금 찾아서 비누, 비료, 참기름(을) 샀다

다음날 거창에서 (큰 딸) 부부가 왔다 하동 송림에 가서 좋은 공기 마시고 놀았다 섬진강의 할매 재첩국 집에서 식사를 했다 오늘은 목욕하는 날이다 매주 토요일 날이 파마하는 날이다

오늘은 재하 결혼식 날이다

4. 2.

오늘은 재하 결혼식 날이다 날씨도 화창한 날이다

하동에서 차로 한데 대쫄해서 30名이 타고 갔다

식을 맞이고 집으로 오면서 놀래를 불으고 춤도 추고 재미있게 놀았

단다

--

4. 2

오늘은 재하 결혼식 날이다 날씨도 화창한 날이다

하동에서 차를 한 대 대절해서 30명이 타고 갔다 식을 마치고 집으로 오면서 노
래를 부르고 춤도 추고 재미있게 놀았단다

아침 날씨가 좋다

4. 4.

아침 날씨가 좋다 남해 꽃놀이 갔다

세 가족이 갔다

--

4. 4

아침 날씨가 좋다 남해(로) 꽃놀이(를) 갔다

(큰아들 내외와) 셋, 가족이 갔다

일월 일일 교회에 갔다

일월일일 교회에 갔다

날씨가 막다

이일

삼일 백원자리 택시를 타고 진교장에 갔다

오일 구름이

육 일 날씨가 맑다

칠 일 목욕 했다

팔 일 교회 갔다

--

일월 일일, 교회에 갔다

날씨가 맑다

이일,

삼일, 백 원짜리 택시를 타고 진교장에 갔다

오일, 구름이

육일, 날씨가 맑다

칠일, 목욕 했다

팔일, 교회 갔다

목욕을 하고 집으로 와서

묘욕을 하고 집으로 왔어

노잔에 왔어 라면을 먹고 4時에 집으로 왔다

저녁 6時에 저녁식사를 하면서

다래비를 보면서 밥을 먹었다

저— 먼나라 빤빤 그리오

비는 건처 소풀잎에 이슬이

어디서 귀두라미가 웃다

\-\-

목욕을 하고 집으로 와서
노인정에 와서 라면을 먹고 4시에 집으로 왔다
저녁 6시에 저녁식사를 하면서
텔레비전을 보면서 밥을 먹었다
저— 먼 나라 빵빵거리오
비는 그쳐 소풀잎(부추)에 이슬로 (맺히고)
어디선가 귀뚜라미가 운다

똑똑 문 두드리는 소리가 나서

독독 문두둔 소리가 났어 문을 열어보았다 절면 사람이 왔어 서있었
다 나는 놀았다
오늘 할는 즐거운다
전도 한누식당에 가서 식사를 했다

야야야 내나이가 엇데서 사랑에 나이가 있나요
마음은 하나요 미워도 하나요
그대만은 정말 내사랑인되 눈물이 나내요
내나이가 엇되서 사랑하기 딱 좋은 나이되
어느날 우연히 거울속에 빛춰지
내모습을 바라보면서 세월아 빛춰라 빛겨라
내이 나이가 엇되서 사랑하기 딱 좋은 나인되

병들어도
생각은 이팔청춘

--

똑똑 문 두드리는 소리가 나서 문을 열어 보았다 (동네) 젊은 사람이 와서 서 있었
다 나는 놀았다
　오늘 하루는 즐거웠다
　전도 한우식당에 가서 식사를 했다

(유행가)

병들어도
생각은 이팔청춘

뒷집 친구가 마실 왔다

2017. 1. 6.

뒷집 친구가 마실에 왔다 소파에 두리서 않자서 맬래비를 보고 있었다 아들이 호박떡을 가지고 왔다 생각도 업시 떡을 가지고 왔다 셋 쪽 였다 하쪽을 두리서 맞있게 먹었다

--

2017. 1. 6

뒷집 친구가 마실에 왔다 소파에 둘이서 앉아서 텔레비전을 보고 있었다 아들이 호박떡을 가지고 왔다 생각도 없이(기대하지도 않았는데) 떡을 가지고 왔다 세 쪽 이었다 한쪽을 둘이서 맛있게 먹었다

목욕하러 갔다가

1. 7.

목욕 하려 갔다 고장이나서 못하고 왔다

날시가 따시다 우동를 다리가 앞아서 못하고 견노당에서 놀았다

--

1. 7

목욕하러 갔다 고장이 나서 못하고 왔다

날씨가 따시다(따습다) 운동을 다리가 아파서 못하고 경로당에서 놀았다

오늘 주일이었다

1. 8.

오늘 주일였다 아침부터 날시가 흐려다

갑자기 날시가 춤다 어지만 해도

영상인되 오늘은 영화가 되였다

--

1. 8

오늘(은) 주일이었다 아침부터 날씨가 흐리다

갑자기 날씨가 춥다 어제만 해도

영상인데 오늘은 영하가 되었다

날씨는 점점 추워진다

1. 9.

날씨는 점점 추위진다 바람이 불고 춥다
내일은 날씨가 더 추어진다고 한다

--

1. 9

날씨는 점점 추워진다 바람이 불고 춥다
내일은 날씨가 더 추워진다고 한다

대문 밖에서 두 노인이

1. 10.

대문 밖에서 두노인이 어자에 앉아서 놀고 있다

나도 같이 앉아서 같이 놀앚다 10시에

나가지고 12시에 집에 왔다 방에는 대리비 소리가 낳고 주방에는 물

주런자 게 타 버린다 물 한되가 다 다라서 깜맞타 버렸다

--

1. 10

대문 밖에서 두 노인이 의자에 앉아서 놀고 있(었)다

나도 같이 앉아서 같이 놀았다 10시에 나와 가지고 12시에 집에 왔다 방에는 텔
레비전 소리가 났고 주방에는 물 주전자(에 있던) 게 타 버렸다

물 한 되가 다 닳아서 까맣다. 버렸다.

저녁밥을 먹고 소파에 앉아서

1. 12.

12일 밤에 저녁밥을 먹고 소파에 앉아서 있었다

문 여는 소리가 났다 팔용이가 왔다 아이고 누고 하고 참 방갑다 이리

저리 장에 가서 반찬을 사가지고 왔다 요리를 하고 저녁밥을 먹였다

--

1. 12

12일 밤에 저녁밥을 먹고 소파에 앉아(서) 있었다

문 여는 소리가 났다 팔용이가 왔다 아이고 누고? 하고 참 반갑다

이리저리 장에 가서 반찬을 사가지고 왔다 요리를 하고 저녁밥을 먹었다

아침 식사를 마치고 진교로 갔다

1. 13.

아침 식사를 맞이고 진교를 갔다 낙골당에 가다 진교시장에 들어가서
고기사고 해초도 샀다

명교 마을를 더려갔다 예날 집에 갔다

집이 무너저 버려다

--

1. 13

아침 식사를 마치고 진교로 갔다 (영감 모신) 납골당에 갔다 진교시장에 들어가
서 고기 사고 해초도 샀다

(아들이) 명교 마을로 데려갔다 (내가 자랐던) 옛날 집에 갔다

집이 무너져버렸다

치용 가족, 영자 가족, 영옥이가 왔다

1. 18.

치용 가족 영자 가족 영옥가 왔다 혼자서 있다가 자녀들 왔어 사람 사
는것갔다

--

1. 18

치용 가족, 영자 가족, 영옥(이)가 왔다 혼자서 있다가 자녀들(이) 와서 사람 사는
것 같다

아이구 힘들다

아이구 힘든다 동네 한박기 돌고

어행나무 밎태서 앉았서나

인생 길 생각하니 한섬하고 설펴다

--

아이구 힘들다 동네 한 바퀴 돌고
은행나무 밑에(서) 앉았으나
인생 길 생각하니 한심하고 슬프다

아침에 창문을 열어보니

1. 20.

아침에 창문를 열어보니 하얀 눈에 네려였다 첫눈이 였다 날씨가 나날 추웃진다

--

1. 20

아침에 창문을 열어보니 하얀 눈이 내려있다 첫 눈이었다 날씨가 나날(이) 추워진다

밤이 너무 길어서

밤이 너무 길어서

몸부림치며서 잠이 들었다

날이 밝았다

동쪽에는 해 뜨올은 빛이 보인다

앞들에는 농부가 일떠를 차자서 걸어간다

나도 아침에 걱이 운동에 났었다

들판은 포릇포릇 풀잎이 보인다

봄이 옴은가 봐아

--

밤이 너무 길어서 몸부림치면서 잠이 들었다
날이 밝았다 동쪽에는 해 떠오르는 빛이 보인다
앞들에서는 농부가 일터를 찾아서 걸어간다
나도 아침에 기어이 운동에 나섰다
들판은 포릇포릇 풀잎이 보인다
봄이 오는가 봐

가계부 여백에 적힌 메모들

1968..... 몸이 아파서 수술 2번하고 4게월나 고생했다

2번이나 덩창 발뒤공치

2007..... 4월 29日 아침 6씨쯤 갑짜기 정신를 일어

119를 불어 고려병원 입원

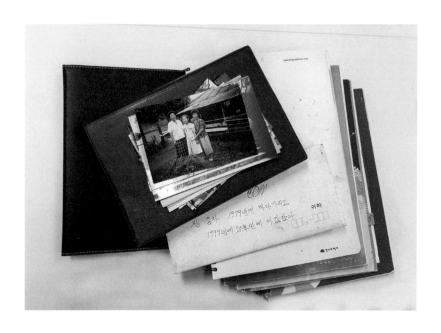

2007..... 5월 14일 엠마우스 병원 아침 운명

아침에 사망 저 하늘나라를 갔었다

2007. 7. 18. 집 왔음

2010..... 4月 26日 오후 9時 쯤 천안호가 춘몰. 46名 사망

2011..... 12月17日 오전 8時 30分 김 정일 사망

12月에 양양군 도룩묵, 곳게

--

1968년 : 몸이 아파서 수술을 2번 하고 4개월이나 입원해서 고생했다
2번이나 등창, 발뒤꿈치 (발뒤꿈치와 둔부에 욕창이 생겼다.)
2007년 : 4월 29일 아침 6시쯤 갑자기 정신을 잃어 119를 불러 고려병원에 입원
          (아버지가 정신을 잃고 입원하셨다는 내용)
2007년 : 5월 14일 엠마우스 병원에서 운명
          아침에 사망. 저 하늘나라로 가셨다 (아버지 돌아가심)
2007년 : 7월 18일 집에 왔음
          (아버지 장례 후 당신도 요양원에 입소하셨다가 퇴소하셨다)
2010년 : 4월 26일 오후 9시쯤 천안호가 침몰. 46명 사망
          (뉴스에 관심이 많았다)
2011년 : 12월 17일 오전 8시 30분 김정일 사망
12월에 양양군 도루묵 꽃게
          (도루묵과 꽃게 먹으러 여행가고 싶으셨던 듯…)

고전교회 연혁(약사)

1908. 3. 8. 하동교회

1908. 3. 8. 하동군 고전면 고하리 홍평마을 김상재 씨

낭실에서 고전교회 설립(설립)예배 드림

1911. 1. 주성 시장통에 예배처소 이전

1920. 9. 9. 당회조직 당회장 권닝함 선교사

김상재 장로

1923. 4.21. 성평리 가마소 예배당 신축 이전(와가:기와집)

1932. 5.11. 현 위치 고하리 188번지로 교회당 신축 이전

1951.11.30. 고하리 교회라는 명칭 고전교회로 개정함

1953.12.26. 고전교회 찬양대 조직

1975. 2. 3. 예배당 신축 현 본당 기공

1975. 9.15. 신축예배당 준공(건평 110평)

1993. 6.21. 교회 종탑(종탑) 보수공사

1995. 3. 6. 본 교회당 외벽 붉은 벽돌로 단정함(단장함) 5월 6일

1997. 7.13. 목사 사택 보수공사

1999. 4.10. 화장실 개축

1999.10.26. 교회 주차장 차고 공사

2000. 7.16. 서재 신축(약19평)

2006. 9.25. 본당 리모델링

2008. 3. 9. 100주년 기념예배

2011. 5.17. 교육관 리모델링

2013. 2.24. 본당 교육관 견길(연결) 구름다리 공사

2014. 9.17. 장로 권사 집사 임직 및 본당 장의자 설치

2015. 3. 8. 108주년 기념 예배(예배)

1951. 3. 8. 예배당 개축 현 교육관

당신이 다녔던 교회의 연혁을 또렷한 필체로 써두고 외우셨던 듯하
다. 예장(고신) 진주노회 소속 고전교회는 경남 하동군 고전면 고하리
에 있다. 포목상을 하던 참봉 김상재가 선교사 없이 사비로 설립한 교회
다. 가난한 이의 구제에도 힘쓴 김상재의 훈담이 회자되며, 거지들이 그
의 정신을 기려 세운 송덕비가 남아있다.

그리운 어머니

그리고, 기억

어머니의 시루

영자

어머니, 나는 어머니를 생각하면 먼저 눈물이 납니다. 남녀차별이 없고 가난이 없었더라면 어머니 당신도 꿈을 활짝 펼쳤을 텐데 그러지 못하고 원하지 않는 삶을 살다 가신 것만 같아서요.

언젠가 내가 더 이상 공부할 수 없다며 집으로 돌아왔을 때의 일이 기억납니다. 남들이 부러워하는 명문여고에 들어갔지만 있을 곳이 마땅치 않아 입주과외 등으로 전전하다가 그마저도 여의치 않을 때였어요. 열일곱 나이에 객지에서 집 없이 떠돌며 공부하던 설움을 어찌 말로 다 표현할까요.

도심에 밤이 오면 수많은 창가로 불빛들이 새어나오는데 그 많은 불빛 중에 나 하나 있을 방 한 칸이 없었어요. 생각하면 할수록 어찌나 기가 차고 막막하던지요. 결국 포기할 마음으로 집에 돌아와 밥 짓느라 불을 때는 당신 옆에 쪼그려 앉아 공부를 그만두겠다고 했지요. 당신은 한동안 말이 없다가 부뚜막의 시루를 가리키며 이렇게 말했어요.

"내가 지금 시루를 만들고 있는 중이다. 지금까지 구멍을 네 개 밖에 못 뚫었다. 그런데 힘들다고 뚫기를 여기서 그만 둔다면 저 시루는 아무 짝에도 쓸모가 없다. 시루노릇도 못하고 무얼 담을 수 있는 그릇도 못된다."

공부를 잘 하고 공부를 시작했으니 어쨌든 계속해야지 그러지 않으면 이것도 저것도 안 된다는 걸 어머니는 그렇게 표현하셨어요. 아무리 절망스러워도 포기하지 않고 시련을 견뎌 이겨야 함을 그렇게 비유해주셨어요. 나는 바다에 빠진 사람처럼 죽을힘을 다해서 살아보자는 결심으로 진주로 돌아갔지요. 실낱같은 희망이라도 찾아 붙잡겠다고, 어떤 고통이라도 견디겠다고 얼마나 의지를 다졌는지 몰라요. 그 다짐으로

결국 공부를 계속할 수 있었지요.

어머니, 당신을 생각하면 여러 이미지가 떠올라요. 과수밭에서 수건 동여매고 온종일 일하던 모습…… 복숭아 머리에 이고 이 마을 저 마을 다니며 곡식과 바꾸어오던 지친 걸음…… 아버지 아프실 때 진주에서 도매로 사온 과자를 오일장 구석에 펼쳐두고 말없이 앉았던 모습…… 그보다 더 오랜 기억도 있네요. 아버지 일하던 갈사에 다녀올 때 어머니의 행복해하시던 모습이요. 삼십 리 먼 길을 나랑 치용이는 양 옆에 걸리고 화용이를 안고 눈을 맞추며 웃고 왔지요. 무거운 아기를 업고 가면 편할 텐데 왜 안고 가냐니까 이렇게 방긋방긋 웃는 예쁜 아기를 보면 하나도 힘이 안 든다고 하셨지요. 일 안하고 종일 애들만 보며 살면 얼마나 좋겠냐면서요.

당신을 생각하면 또 노란 달맞이꽃이 떠올라요. 아주 어렸을 때 시장 바구니를 머리에 인 당신이 노란 저고리를 입고 노오란 버드나무 낙엽 길을 밟으며 연못 저쪽에서 나타나던 모습이 달맞이꽃 같았을까요. 오래된 어머니의 흑백사진에서도 나는 언제나 노란색을 보곤 한답니다.

노오란 버드나무 잎 황금 길을
어머니는 자박자박 걸어오셨다

머리에 인 시장바구니엔
무엇이 들었을까

돌담 아래
불타는 노을이 멈췄다 가면

노오란 버드나무 잎 황금 길을
어머니는 노오랗게 걸어오셨다

올망졸망한 어린 것들
손가락 꼽으며 꿈을 세는 집으로

잘못 만난 시절 탓, 운명 탓, 다 지나간 일이고 이제 당신은 보름달 둥
실하게 뜬 저녁에 꽃길 따라 별빛 따라 가셨네요. 당신 가시고 난 후 나
는 여러 사람에게 당신의 시루 이야기를 했어요. 가다가 아니 가면 아니
감만 못하나라. 어느 시의 구절처럼 이미 시작한 일이라면 힘들다는 이
유로 포기해선 안 된다고요.

　말년에 '사랑한다.'는 말을 자주 하시다 가셔서 다행이에요. 지병 때문

인지 어머니가 뚱하니 불만족스런 표정을 짓고 계실 때는 얼마나 속상했는지 몰라요. 내가 자꾸 웃어라, 억지로라도 웃어라했더니 그건 또 듣기 싫어하더니 어떻게 그렇게 바뀌셨는지!

저는 요즘 해외여행을 많이 다녀요. 서러움과 고통을 잘 견뎌내고 포기하지 않은 댓가지요. 다 어머니 덕이지요. 평생 동안 선생님 소리 들으며 직장 잘 다녔고, 명퇴해서 연금 받아 여유롭게 살고 있으니 이게 다 어머니 덕이지요. 가고 싶은데 가고, 먹고 싶은 거 먹고, 자유롭게 사는 것이 어머니가 바라던 삶이었는데 내가 지금 그렇게 살고 있네요. 그걸로 위안 받고 어머니, 이제 주님의 날개 아래에서 편하게 쉬세요. 시루랑은 더 이상 만들지 말고 노오란 황금 길만 걸으세요. 아니 황금날개로 자유롭게 훨훨 날아 세상 곳곳을 다니세요. 깎은 밤처럼 이쁘시던 젊은 날의 모습으로, 그때 동생을 안고 오며 짓던 그 환한 웃음으로, 사랑한다~ 사랑해~ 전화기 너머로 들려주던 사랑의 목소리로……

할 말 있소

치용

　지금 생각해보면 우리 부모님만한 부모님도 없다 싶지만 나로서는 가슴에 맺힌 것이 많다. 저 세상으로 떠나신 부모님, 원망한들 무슨 소용이 있을까. 나뿐만 아니고 동생들도 부모님에 대한 원망 한가지씩은 있겠지. 그래도 다들 좋은 마음으로 부모님 이해하고 탈 없이 살아주니 나는 그것이 항상 고맙다.

　내가 부모님 이해 못하는 것은 다른 부모님은 큰 자식을 대부분 챙기던데 나는 부모님이 자식을 이용해 부려먹은 것만 같다는 것. 동생들 공장 보내 벌어온 돈으로 큰아들 공부시키는 집도 많더만 우리 부모는 큰아들 고생은 나 몰라라 동생들 뒷바라지만 하면 너도 잘 된다고만 했지. 동생들 위해 희생하라고 강조하고, 꼬여가면서 안정시키고, 막상 내가 불행에 빠져서는 거들떠보지 않고 동생들한테도 전화 한번 하라고 가르쳐주지 않은 부모님이 나는 참으로 서운했다.

이젠 모든 마음 비우고 나도 생을 정리해야할 나이. 살아계실 때 낮이나 밤이나 어머니가 부르면 달려가 병원모시고 가고 약 챙겨 드리고 할 때 돈은 없지, 형제들에게 약값이라도 부탁할 때면 참 나도 면이 안 섰다. 내가 잘살면 그럴 일이 없었을 텐데 나도 나이 들어 아픈 몸이 어머니까지 챙기려니 언제나 마음이 조마조마.

그럴 땐 번듯한 직장이라도 있어 다달이 어김없이 나오는 돈이라도 있다면 얼마나 좋을까 싶기가 참 간절했다. 그런 내가 언젠가 어머니께 이야기쪼로 한번 여쭈었더니 지금이라도 공부해라 시켜줄 테니, 하던 억지소리가 귀가에서 아직도 생생하다. 하루 벌어 하루 먹고살기도 정신없고 빚쟁이는 쫓아 다니는데, 그때 공부를 하라는 게 말이나 되는 소

린가. 억지소리지. 너만 공부 못 시켜서 미안하다, 그 말 한마디만 들었어도 이리 서운하지는 않을 끼라.

다들 먹고 살기 바쁜 시절이라 부모님이 자식을 요즘처럼 못 키운 게 당연하다. 내가 공부하겠다고 박차고 나가지 않은 거는 따지고 보면 내 잘못이라. 아버지는 아프지, 농사는 지어야지, 내가 아니면 누가 농사를 짓는단 말인가. 그리 생각한 내가 바보인 거라. 그런 나한테 우리 부모는 일부러 그랬는가, 정을 참 안주는 거라. 언젠가 진주예술제 때 일인데 아버지가 나 데리고 예술제 구경을 가서 몹시 설레었지. 그때 많은 사람들 틈에 끼여 화장실을 못 찾아 옷에다 똥을 쌌는데 아버지가 몹시 화를 냈지. 그 말을 들은 어머니가 똥도 하나 못 참나, 한 것이 참으로 서운했지. 생각해보면 화장실을 빨리 못 찾아 준 아버지가 잘못이지. 그러니까 원래부터 아버지는 내 말을 귀담아 듣지 않았고 어머니는 내 잘못만 탓했지. 그런 것이 평생 계속 되었지.

먹을 것도 없던 시절이었지만 누나는 어찌 교대를 나왔지. 누나가 대학졸업하고 첫 발령 받아 고하초등 왔을 때 나는 살테밑에 있는 조합장 집에서 머슴을 살았지. 그때 낮에는 일하고 밤에는 자전거 타는 것을 배웠지. 나도 뭔가 배워서 남들보다 낫게 살고 싶었지. 그 후 남해고속도로 공사장에서 신나게 자전거 타고 달릴 때, 나는 이제 뭔가 일이 잘 풀릴 거 같았고 나도 훗날 고속도로처럼 잘 될 거 같았지. 그때가 내 인생에서 제일 편안했던 때라 기억해. 꿈도 꾸고 그랬으니 행복했지. 그랬는데 인생은 자꾸 꼬였지. 바닥이 있어야 딛고 오르지. 나도 공부를 했으면 면서기라도 안 했겠나. 아버지가 면서기를 시킨 적도 있지만 배운 게 없으니 오래 못 간 거라.

불행한 결혼을 한 것은 동생들 앞길 막는다고 대충 바쁘게 시켜서 그런 것이지. 데리고 와서 사람 만들어 살면 된다면서 부모님은 날 꼬셨지. 사람 만들어 살면 된다했지만 남의 사람이 내 맘대로 만들어 지는가. 말 잘하는 아버지도 그 사람을 사람 만들지 못하는데 내가 만드는가. 그 사람도 생각이 있는 사람인데 쉬운 일도 아니지. 사람을 데려왔으면 좋게 봐주고 말도 들어주고 이해라도 해주든가. 고부간의 갈등으로 나만 힘들었지. 야반도주처럼 집 나갈 때 쌀 한 톨이 없이 나왔지. 객지 생활해본 적이 없이 나가 사니 고향 생각, 그것보다도 고속도로 옆의 산, 개간하여 밭도 있고 논도 있고 산등성엔 밤도 심었던 그 산이 너무 아까워 집으로 돌아왔건만 고부간의 갈등으로 집에 머물 수가 없었지. 말 잘 듣는 사람과 짝을 지어주든가 아니면 어머니가 며느리한테 좀 숙이든가 했으면 내 인생이 어찌 됐을란가. 할 수 없이 또 집을 나와 처가살이로 인생길이 바뀌었지.

살기위해 애들 맡길 데가 없어 부모님께 좀 맡기려고 했더니 느그 새끼 너그가 키우라고 쫓겨나듯 나왔지. 애들은 순점이 동생 없으면 못 키웠다. 정모엄마, 바로 순점이가 봐 줘서 살았지. 부모님은 정모엄마만큼도 나한테 잘한 게 없다. 참 내게 잘 해 준건 정말이지 정모 엄마지 부모님이 아니다. 그래도 열심히 살아왔지. 돈도 벌어 이층집도 사고 가게도 사고 메이커 옷 대리점도 했지. 생각지도 않은 국가부도 IMF. 그때는 서로 어깨보증으로 빚을 내어 부도를 막으려다 더 큰 부도를 맞았지. 길거리 어디라도 나갈 데가 없어 또 부모를 찾아갔지. 그때 아버지 하시는 말, 물귀신처럼 형제들 끌고 들어가지 말고 너만 죽어라, 쫓겨났지. 여자는 돈도 못 빌려온다고 악을 쓰지 돈 나올 구멍은 없지, 그래 유서를 써놓고 죽으려고 했었는데 혜경이가 눈앞에 나타나서 아빠, 하는 바람에 죽지 못했지……

그 전에도 아버진 날 잘 꼬셨지. 어떻게 꼬셨냐면 아버지 건강이 좋아져서 들베기 산에서 수박구덩이를 파다가 아버지랑 나란히 앉아서 내가 "아버지, 나는 이젠 공부는 틀렸고 도시로 나가서 기술이라도 배워야 않겠소." 여쭈었더니 아버지 하시는 말, "이 산이 크다. 여기에 고구마만 심어 먹어도 너는 걱정 없으니 나와 같이 살면서 동생들 뒷바라지 하면 산을 네게 준다."고 했지. 그래놓고는 영숙이 대학 보낸다고 며느리랑 대판 싸우고는 산을 판다고 나가길래 동네어귀까지 따라가 아버지 바짓가랑이를 잡고 늘어지면서 애원했지. 하지만 아버지는 "놓아라 이 자식아. 네 것이가?" 하면서 떨쳐버렸지. 그때도 어머니는 한마디 말이 없었지. 산을 팔고 말았지. 저 산만은 내 산이 될 줄 믿은 산은 하룻밤 홧김에 헐값으로 팔렸지. 이자 받아 딸 공부시킨다고 그 돈을 아버지는 버스회사에 투자했지. 사기당해 다 날렸지.

생각하면 저 먼 옛날일도 새록새록. 아버지는 아파 누워있는데 어머니와 같이 방에 앉아 손목시계 초침 가는 소리 들어가며 날이 밝기만 기다리며 가슴 졸이던 일도 생각나네. 그때는 전기불도 없었지. 젖 먹는 동생들은 꿈나라로 세상모르고 콜콜. 그런 기억이 떠오르네. 한번은 옛날에는 설 명절이나 옷 한 벌 얻어 입을 때 새 옷을 입고 동네 형님들 노는데 같이 놀다가 왼쪽 어깨에 불이 붙어 동그랗게 태워서 집에 들어갔더니 그것을 땜방해서 손으로 꿰매 준 일이 있었지. 그때 앞으로 어머니에게 잘해드려야겠다 했는데……. 그런 마음도 몰라주고 어머니는 나를 눈곱만큼도 알아주지 않고 일만 시켰지.

우리 집이 과수원 한 것은 동생들도 알고 있지. 복숭아밭에 비리도 어떻게 많이 붙던지. 마스크도 없고 비옷도 없이 조그마한 키에 종일 나무

꼭대기를 쳐다보고 농약을 쳐서인지 농약에 중독되어 가슴속에서 농약 냄새가 성인이 될 때까지도 낫지. 그 냄새는 예비군 훈련 가서 어느 여강사가 해독하는 방법을 가르쳐주어서 나았지.

돈이 귀할 때라 아버지는 날 과자장사를 시켰지. 그때는 어머니와 오일장을 다니며 전을 펴가며 장사를 할 땐데, 진주 가서 과자 받아 이문 남기고 팔 땐데, 돈이 적게 나와 집에서 밀가루를 반죽해 덴뿌라 기름에 볶아도 팔았지. 그때는 어떻게 부끄럼을 많이 탔던지 그것도 끝까지 못하고 그만두고 말았지. 한나절 팔아 어머니하고 국수 한 그릇 사먹고 나면 돈도 남지도 않았지. 그리 말하니 어머니가 고생 많이 한 것처럼 들리지만 옛날 사람이 그만한 고생도 안한 사람이 있는가. 어머니 젊어서 힘은 쓰지도 않았지. 보리고개라 그랬는가 의술이 없어 병명도 안 나왔지만 봄만 되면 아프다고 뇌신이나 소다에 의존하고 살았는데 그때 죽을 거라고 아버지가 생명보험을 들었지. 보험은 만기되어서 찾았지. 아프다 아프다하면서도 아버지보다 더 오래 사셨지.

먹을 것이 없어 소오산에 삽과 곡괭이로 논을 개간할 땐데 배가 고파 일하다 풀뿌리를 모아 두었다가 허기를 넘기기도 많이 했지. 도라지 말고 딱주라고, 먹으면 쓰지도 않고 맛이 좋았지. 그렇게 일하는데도 보리

개떡 하나 안 싸주시던 어머니여. 열다섯에 부모님 밑에서 일해 농사철이 되면 다른 사람은 힘이 든다 하는데 나는 농사철이 되면 더 행복했지. 품앗이를 가면 새참도 먹어가면서 쉬어가면서 일할 수 있었으니까.

아들딸 구별 없이 키운다고 한 것은 어느 날 어머니가 내게 한 이야기로는 어머니 자신은 어깨너머로 배웠다면서 배우지 못한 서러움을 딸들로 하여금 자기 설움을 성취하려 했지. 뼈 빠지게 일하는 나에게는 조금도 안쓰러운 마음은 없었지. 동생들은 모르겠지만 원동기라고 디젤엔진인데 무게가 100Kg도 더 나가는데 그걸 지게에 지고 들베기 고속도로 위까지 운반해 등에 혹이 나도 수건으로 한번 문질러주지도 않았지. 지독하게 부려먹고 어쩌다가 불평 한번 하면 어디서 대꾸야라고 소리치던 아버지. 어머니는 또 모른 체했지. 그리하여 나는 우리 아이들 키울 때 너희들 하고 싶은 데로 하라고 하면서 키웠지.

지나간 일은 잊어야 하는데 어머니를 떠올리라 하니 억울한 것들이면 옛날 것도 떠오르고 거슬러 올라가봐야 안 좋은 기억만 더 많지. 사흘이 멀다 하고 병원으로 모시고 다니고 어디 축제 한다 하면 모시고 다니고 봄이 오면 꽃구경이요 전어 철이니 무슨 철이니 어머니는 먹고 싶은 것도 가고 싶은 곳도 어찌 그리 많던지. 그리 다 모시고 다녀놓고 이리 억울해하면 나만 나쁜 놈이 되지. 하모 내가 그걸 모르는 것이 아니라 알고도 그리하니 어리숙한거지. 자식 키워보면 알겠지만 이런 자식도 있고 저런 자식도 있는 거라. 손가락 다섯 개도 길이가 다른데 자식이라도 다 같겠나.

그래도 나는 할 만큼 했다고 생각하지. 숨 가빠 움직이지 못하는 어머니 살림을 누가 다 살았나. 지금 저 사람 공이 크지만 철철이 이불빨래에 김장에 집안 청소도 구석구석 끝이 없지. 보일러 터지지. 문짝 날아가지. 늙은 사람 한 사람 살아도 참 집안일은 끝없이 손 갈 데가 많지. 그리 했으니 어머니가 돌아가셔도 지금도 저 세상에서 나를 의지하지 않을까 그런 생각이 다 들지.

어쨌거나 다 지나간 일이요. 이제 돌아가셨으니 어머니, 가신 데서 고마 잊어버리고 사이소. 내사 그냥 푸념하는 것이오. 어머니한테 안하면 어디다 하겠소. 살았을 제 성질내고 고함친 것도 이해하소. 내가 가슴에 쌓인 분이 많아 불쑥불쑥 나온 거니 맘에는 두지 마소.

그래도 나는 말년 복이 좀 생겼는가 세상 따뜻하게 밥해주는 사람 있어 이제는 이만하면 복이요. 지금 내 나이에 나만큼 세끼 밥 진수성찬으로 먹는 사람도 없을 거고만. 이 사람이 아프면 약 지어주고 가슴에 맺힌 한도 풀어주니 늦복이 있는 갑소. 그러니 어머니도 내 설움 들어만 주고 고마 다 잊어버리이소. 동생들도 내가 한이 많아 그러는가 이해하고. 알겠소? 어머니, 거기 가서는 아프지나 말고 나 같은 자식 땜에 원망도 듣지 말고 편히 사시오.

자랑스러운 유전자

화용

유난히 맑은 날씨를 택하시어 영원한 여행을 떠나신 어머님! 아쉬움이 가득한 마음에 부끄러움을 무릅쓰고 어머님을 떠올려봅니다.

8남매 가운데 셋째로 태어난 저는 유난히도 부모님의 마음에 들지 않는 행동을 많이 했습니다. 태어날 때부터 몸무게가 무거워 키우기가 무척 힘들었다고 하셨지요. 가난한 살림에 먹을 것이 부족한 실정에서 다른 형제들에 비해 먹는 탐욕이 너무 심해 키우기가 힘들었다고도 했습니다. 초등학교에 입학해서는 집안일이나 학교공부를 열심히 하는 것이 아니라, 시간만 나면 개울가에 나가 고기나 잡고 꾀를 자주 부려 농사일을 도와주지 않는 말썽꾸러기라 늘 나무람의 대상이 되었지요.

철이 들기까지 오랜 성장기간 동안 부모님의 심기를 건드리는 개구쟁이로 다른 착한 형제들에 비해 유독 부모님 속을 썩이며 불효자로 자랐습니다. 그렇게 꾸중을 많이 들어서 그런지 제 마음엔 미움만 가득했습니다.

제가 마흔 무렵, 언젠가 어머님을 찾아간 적이 있습니다. 그런데 어머님은 대뜸 생활비를 보태주지 않는다고 화를 내시며 '너 같은 아들을 낳으려고 내가 배부르고 아팠던 게 원통하다'라고 하셨습니다. 마흔이 넘은 아들에게, 그것도 아내와 함께 있는 자리에서 그런 말을 듣다니 저는 너무나 창피하고 또 섭섭하기 그지없었습니다. 지금까지 어머님이 사시던 집터를 구입한 것도 저였고 아버님이 소 키울 때 자금을 댄 것도 저였고 아내와 다투어가면서 사립대학 다니는 동생의 한의대 등록금을 낸 적도 있는데 말입니다. 빈손으로 시작한 살림살이라 집도 사야 하고 자식도 키워야 해서 당시엔 저도 정말 빠듯하게 살 때였습니다. 그런 저를 이해하기는커녕 당신 위주로만 바라는 것 같아 저도 무척 화가 났습니다.

하지만 회고하면 지독한 가난 속에서도 정말 부지런하시고 성실하셨던 아버님과 함께 어머님은 저희 팔남매를 무던히 키워주셨고, 모두 남 부럽지 않은 가정을 가지고 열심히 살아가도록 모범을 보여주셨습니다. 또 강인한 건강 체질과 근면하고 끈질긴 의지력을 저희에게 물려주셨습니다. 그 건강과 의지력을 바탕으로 저는 누구보다 원기왕성하게 사회생활을 시작할 수 있었고 40년 동안이나 교직생활을 했습니다. 비록 남들이 부러워하는 정년을 3년 남겨두고 명예퇴직을 하고 말았지만 말입니다. 이렇게 좋은 유전자를 저에게 물려주신 것만으로도 지금은 부모님이 자랑스럽고 고맙습니다.

객지에 나가 결혼을 하고 직장생활을 하면서 부모님은 당연히 시골을 지키는 형님께서 잘 모시겠지, 하는 어리석은 생각으로 지내왔던 일들이 이제야 후회스럽습니다. 노년기의 부모님을 자주 병원에 모시고 가시던 형님의 수고를, 지병으로 긴 세월 고생하시던 어머님을 말없이 병원으로 모시고 다니시던 형님의 고생을 알고 있었지만, 형님을 대신하여 병원 한 번 모셔가지 않은 불효에 부끄럽고 죄송할 뿐입니다.

저도 마음은 그러고 싶었지만 형님이 있기에 믿고 살다보니 그리 되

었습니다. 지난한 삶에도 부모님 곁에서 마지막까지 일일이 보살핀 형님에게 고마울 뿐입니다. 다행히 막내 동생 내외의 헌신적인 부모사랑도 형님의 노고를 좀 줄일 수 있었고 어머님께도 많은 위로가 되었으리라 봅니다.

자주 찾아뵙지도 못하고 전화도 자주 드리지 못하는 저를 어머님께서 늘 섭섭해 하셨다는 소리에 가슴이 멥니다. 저는 저를 미워만 한줄 알았는데 부모는 그럴 수 없다는 걸 알면서도 왜 그리 어리석었는지 모르겠습니다.

자식은 부모에게 원망이 있어도 부모는 늘 자식이 그립고 걱정되고 자식에게 도움이 되고 싶어 하는걸 저도 자식을 키우면서 알게 되었는데도 말입니다. 퉁명스럽게 여긴 어머니의 말투도 그 속에는 자식을 향한 깊은 사랑이 있다는 걸 왜 몰랐을까요. 그러기에 이제 시골 대문에서 반가워하시던 어머님 모습을 다시 뵐 수 없음이 가슴 아픕니다.

어머님께서 떠나시던 날, 정들어 사시던 시골집엔 바람 한 점 없이 고요히 둥근 달이 뜨고 소쩍새가 울었답니다. 87년을 사시다 가신 그곳에 이제는 사립 밖 빈 의자만 남고 속절없이 은행나무 위를 비추는 둥근 달만이 뜨고 지겠지요? 사랑했습니다, 어머님! 사랑합니다, 어머님! 부디 좋은 곳으로, 하늘에 계신 주님 곁으로 가셔서 편히 쉬십시오.

이렇게 늦게나마 교회의 집사가 되어 주님의 이름을 부르게 된 것도 어머님의 기도의 힘입니다. 어머님께서는 제가 어릴 적부터 시골 작은 교회에서 하나님을 만나게 해주셨으니 저는 건성으로 다녔지만 끝까지 기도의 끈을 놓지 않으신 줄로 압니다. 그래서 이곳 교회에 다시 발을 붙이고 주님을 찬양하며 빛 가운데로 걸어갈 수 있도록 하셨습니다.

생사회복을 주관하시는 하나님! 아카시아 꽃이 아름다운 계절, 아버님의 기일에 가까운 날을 택해 하늘나라로 가신 어머님을 주님께 맡깁니다. 주님께서 하늘나라의 영광스러운 은총을 입게 해주시고 편히 쉬게 하실 것을 저희는 믿습니다. 영원복락을 그곳에서 누리도록 인도해주십시오.

어머님, 안녕히 가세요.

그게 인생이다

순점

   동생이 어머니를 생각하면 떠오르는 이야기를 써달라고 했지만 나는 무슨 말을 어떻게 해야 할지 모르겠다. 할 얘기는 태산같이 많은데 A4 종이 한 장 정도 분량만 쓰라니 더욱 그렇다.

   집에 갈 때마다 어머니는 "자고 갈 끼가?" 하고 물었는데 자주 자고오지 못한 게 마음에 걸린다. 돌아가시기 얼마 전 전화로 '엄마와 딸'이라는 노래를 불러주었는데 나도 울고 어머니도 울었다. 그리고 며칠 후 병원 왔다 간다면서 큰오빠랑 왔다. 길가에 차를 세우고 어머니는 차에 있었는데 뭔가 할 말이 있는 것도 같았고 차에서 내리고 싶은 눈치였다. 하지만 큰오빠가 바쁜 것 같고 나도 바빠 그냥 보냈다. 우리 집에 오면 내려서 놀다 가는 걸 좋아했는데 손도 한 번 안 만져보고 그냥 보낸 그 날이 어머니를 본 마지막이 되고 말았다. 늙고 병든 사람은 언제고 그게 마지막일지 모르는데 왜 그 생각을 못했을까.

목욕이라도 한 번 더 시켜드릴 걸. 장어탕이라도 한 그릇 더 사다드릴 걸. 떠나시고 나니 마음은 있어도 해주지 못한 것들이 자꾸 떠오른다. 큰오빠는 내가 어머니 버릇을 잘못 들였다고, 그래서 어머니가 게으르고 자기 밖에 모른다고 하지만 젊은 사람도 고치기 힘든 버릇을 늙은 사람이 어찌 고치는가. 세상에는 그런 사람도 있고 저런 사람도 있는 법이다. 어머니가 몸이 아파 그런 걸 버릇 탓을 하면 내가 마음이 좀 좋지 않았다. 그래도 우리 어머니만큼 고생한 사람도 없다. 어릴 때 부산서도 좀 자랐으니 반쯤 도시사람인데 도시사람이 촌에, 없는 집에 와서 애를 여덟이나 낳아 키웠으면 그것만도 고생한 것이다. 그 여덟을 하나 잃지 않고 다 키웠으니 울 어머니처럼 똑똑하지 않으면 그리 못했을 것이다.

나를 업고 순천이니 진주니 다니며 병을 고쳐보겠다고 애쓴 걸 아는데 버릇이 어떻든 나는 항상 효도하고 싶은 마음밖엔 안 들었다. 동생들은 이 몸으로 어떻게 어머니 목욕을 시키는가 했지만 저들이 마음이 없어서 그렇지 마음이 있으면 어떤 몸으로든 목욕을 못 시킬까. 심장이 아파 몸을 굽힐 수 없고 움직이기도 어렵고 그러니까 우울증도 왔을 것이다. 그럴 때 몸을 깨끗이 씻고 나면 기분이 얼마나 좋아질까. 나는 오직 그 한 마음으로 했다.

정모 임신해서 여성백과 한 권을 외우다시피 하니까 아이구 우리 순점이를 공부를 시켰어야 하는데 못 그랬다고 했을 때 고마웠다. 십리 길을 걸어 다닐 몸만 되었어도 공부를 계속 했을 텐데 몸이 아파 어쩔 수가 없었던 일이다. 그래도 내가 집에 있어 집안일이라도 도왔으니 부모님이 농사짓기가 수월했을 것이다. 그게 왜 하필 나냐는 생각이 들 때도 있지만 누군가 한 사람이 해야 한다면 그게 나라도 할 수 없는 일이다.

그래도 어머니가 나를 생각하면 기분이 좋을 것이라고 생각한다. 정모아빠랑 내가 전국 '화목한 가정상'을 받았을 때 우리보다 더 기뻐하시던 모습이 떠오른다. 제일 짐이 될 줄 알았던 자식인데 이리 잘 살아

주니 이보다 더 고마운 일이 어디 있냐고 하셨다. 다 사람 좋은 정모아빠 덕이지만 그 말 들을 때 나도 기분이 정말 좋았다. 내 의견은 물어보지도 않고 결혼하라고 해서 처음엔 싫었지만 정모아빠만한 사람은 세상에 없다. 그런 사람을 만나게 해주었으니 나는 부모님께 고맙기만 하다. 떡하니 경찰이 된 정모도, 대형미용실 원장이 된 진모도 부모님 없었으면 어찌 낳아 키웠을까.

살아계실 때 잘해야지 돌아가시고 나면 끝이다. 아버지 돌아가셨을 땐 눈물이 참 많이 나던데 어머니 돌아가시고 나선 그냥 잘 가셨단 생각만 든다. 동생들은 모르겠지만 어머니 혼자서 119 불러 응급실 가신 적도 있다. 혼자서 가슴을 쥐어뜯다가 맨 정신에 숨은 못 쉬고 아, 이렇게 죽는구나 싶을 때 정말 무서웠을 거다. 하도 죽을 고비를 자주 넘기니 자식들 눈치 보여 아파도 아프단 말도 못하고 혼자 119를 부를 때 얼마나 서러웠을까. 그 생각을 하면 눈물이 나긴 난다. 긴 병에 효자 없다고 어머니도 그걸 알고 혼자서 어찌 해보려고 애를 많이 썼다. 그런 생각하면 그만 잘 돌아가셨단 생각이 들지 좀 더 살았더라면 하는 생각은 들지 않는다.

오전에 들르는 요양사가 발견했다고 아침에 돌아가신 줄 알았다가 전날에 돌아가셨다는 사망확인서를 보고 마음이 안 좋았다. 걸터앉은 자세로 돌아가신 채 그 긴 밤을 그대로 그 찬 곳에 혼자 앉아있었다니! 전날에는 진교병원을 다녀왔는데 갈 때는 큰오빠가 데려다만 주고 농사일로 먼저 오고, 진료를 마치고는 혼자 택시를 타고 왔다고 한다. 살이 빠져서 그런지 숨쉬기가 좀 편해졌다고 아마 병이 나아 좋아지는 줄 알았던 것 같다. 그러니까 생전 아픈 일 없던 관절이 좀 아프다고 병원 갈 생각을 다 했을 거다. 나한테도 교회 갈 때 입을 옷 얘기를 한 걸 보면 정말 병이 낫는다고 생각했는지 모르겠다. 택시를 내려 마을회관에 가서 동네사람들과 쑥떡을 먹었다 한다. 평소라면 1개만 먹었을 텐데 속이 좀 편했던지 3개를 먹더라고 한다. 아무래도 그게 탈이 나서, 심장에 부담을 주어서 돌아가신 게 맞을 것이다.

병이 깊어져도, 나아져도, 누구에게 말할 데 없이 혼자 자기를 돌본 걸 생각하면 참 안 됐고 자식으로서 부끄럽다. 큰오빠가 자주 들여다보고 관리를 해주고 자고가기도 했지만 항상 집에 누가 있는 것이 아니니 결국 혼자 산 것이다. 자식이 많으면 무얼 하나. 갈 때는 혼자서 가는 걸. 앉은 채로 혼자 죽어서 밤이 되고 새벽이 되고 해가 뜨도록 그 자리에 그대로 있어도 자식들은 다른 사람들과 먹고 자고 웃고 놀기만 했다.

어머니를 보면 인생이란 결국 혼자 가는 것이다. 언젠가 혼자 남게 되고 또 혼자 저승으로 가는 것. 자식도 돈도 자랑도 다 소용이 없다. 맞다. 인생이 그렇다. 서럽고 외로워도 혼자 가는 것이 인생이다. 정말 상상하기 싫지만 나에게도 그런 일이 닥쳐올 것이다. 한 번씩 정모아빠가 먼저 떠나고 혼자 남게 되면 어쩌나 하는 생각이 들면 두렵고 겁이 난다. 정모아빠를 목욕시키는 일도 쉬운 일은 아니지만 하루에 두 번 아니라 세 번 시켜도 좋으니 오래 같이 살아주면 좋겠다. 인생이란 어차피 혼자 가야 할 길인 줄 알면서도 그렇다.

할 말이 너무 많다보니 제대로 된 얘기 하나 못하고 벌써 한 장이 훨씬 넘은 거 같다. 한 장이 아니라 책 한권을 내도 다 못할 얘기가 두서없이 떠오른다. 말을 하라면 밤을 새도 다 못할 말이 많다. 그렇지만 할 말을 다 못하는 것도 인생이다. 다 그리 가슴에 안고 가는 것이다.

하루를 살아도

승안

어머니가 진주 경상대학병원에서 퇴원하자마자 우리 집에 왔던 적이 있다. 제주도에 살 때인데 혼자 사니 돌볼 형편이 좀 낫지 않겠냐며 두 언니가 모시고 왔다. 그동안 어머니에게 효도할 기회가 없었던 나는 마침 잘 되었다 싶었다. 그런데 막상 오시자 부담스러울 때가 많았다. 출퇴근하는 처지다보니 함께 하는 시간이 많지 않았을 뿐더러 주말이면 육지에 사는 아이들을 보러 가는 일도 마음대로 할 수가 없었기 때문이다.

그러던 어느 날 퇴근해보니 평소에는 기다렸다는 듯 반기던 어머니가 보이지 않았다. 숨이 차서 잘 걷지도 못하는데 어딜 가셨나 찾아보니 어스름 스민 작은 방에서 모로 누워 잠이 들어 계셨다. 들릴 듯 말 듯 한 숨소리를 따라 속옷 사이로 드러난 하얀 어깨가 들썩거리고 있었다. 후덥지근한 공기를 간신히 밀어내고 있는 어깨가 몹시도 가녀리고 애잔하고 쓸쓸해보였다. 강하고 투박한 줄만 알았던 당신에게 고운 속살이 있을 줄 생각지 못했는데, 낭만도 멋도 없는 줄 알았는데 늙고 병든 몸에도 사랑스런 여인의 모습이 남아 있는 것이었다.

　그런 줄도 모르고 아버지가 배들이 장터에 살던 여자와 잠깐 정분이 났을 때 나라도 퉁명한 어머니보다 예쁘고 상냥한 사람에게 마음이 가겠네 하였다. 아버지가 야산을 개간할 때 감자 한 알 미리 싸 보내지 않은 어머니를 야속해했던 마음이 아직 남아있을 때였다. 밤늦게 일마치고 돌아오다 길가 무덤 잔디밭에 실신하듯 누워있기를 수십 번, 죽을 들고 마중 나가 캄캄한 어둠 속에서 아버지를 발견할 때마다 나는 어머니

가 애정 없는 사람이라고 생각했다. 내게도 살뜰하지 않은 것 같아 거리감이 느껴졌었다. 푸석한 머리에 가죽처럼 질기고 검은 피부에 상냥하지도 않아 아버지가 한눈을 판 것이라 생각했다.

육아와 농사일로 어머니 당신이 바쁘고 우울해서 자신을 가꾸거나 남편과 자식을 세세히 돌볼 여유가 없었다는 걸 미처 몰랐다. 띄엄띄엄 두채의 이웃만 있던 골짜기가 당신에겐 유배지처럼 답답했을 거라는 것도 헤아리지 못했다. 그런 중에 아버지의 행보가 우리가족의 앞날에 뜻밖의 불행을 몰고 올 수도 있다는 어머니의 불안은 얼마나 컸을까! 그것도 모르고 아버지를 두둔했던 심정이 부끄러웠다. 어둑한 방구석에 모로 누워있던 어머니를 보며 그런 느낌을 받으니 헤아릴 수 없는 죄책감이 들었다. 종일 말동무도 없이 지내다 원망할 대상도 없이 힘없는 몸으로 잠들어 있던 하얀 어깨를 나는 오래 바라보았다. 돌이켜보니 어머니에 대해 지난날 가졌던 많은 감정들이 오해였음을 알 수 있었다.

부뚜막에서 밥 지어 열 식구 밥을 마루로 방으로 삼시 세끼 나른 것만해도 고생이요, 아침마다 서너 개 도시락을 싸야했던 햇수만도 십수 년이니 그 많은 식구 하나하나에게 자상할 여유가 어디 있었을까. 젖 떼면젖 무는 아이 태어나기도 이십여 년. 요즘처럼 호사스런 산후조리는커

166

넝 물동이 이고 나무불 때며 층층자식을 길렀으니 그 노동이 얼마나 고됐을까. 자신을 돌볼 새가 어디 있었을까. 그러고도 우리가 밤공부하고 돌아올 때면 무섭지 말라고 캄캄한 숯골재 언덕에서 옥아 숙아 불러주곤 했는데 그런 공은 헤아리지 못했다.

어머니에게 살갑게 굴지 못했던 것이 마음에 돌덩이처럼 남아있다. 어머니도 사랑스런 여인이었는데 좋은 옷은 안 어울릴 것 마냥 옷 욕심이 많다고 생각했던 것도 마음에 걸린다. 지나고 나면 그때 그럴 걸 왜 그러지 못했는지 후회되는 일이 많다. 바깥 공기 좋아했는데 하루 삼십 분이라도 드라이브해드릴 걸 왜 미루기만 했을까. 왜 어머니의 입장에선 생각해보지 않았을까. 왜 자주 안부를 궁금해 하지 않았을까. 당신이 몇 번이나 혼자 119를 불러 응급실로 간 것을 왜 먼 길 가신 후에나 알았을까. 일주일에 겨우 한번쯤 전화 드리는 일을 왜 숙제처럼 여겼을까.

어머니는 나를 두고 제일 착한 딸이 제일 어렵게 산다고 못마땅해 하셨다. 하루를 살아도 즐겁게 살아야 한다고, 하고 싶은 일을 하면서 살아야 한다고, 당신이 그렇게 살지 못한 것도 원통한데 너까지 그러고 사냐며 안타까워하셨다. 그래서 교회에 가면 내 기도부터 먼저 나온다고 하셨다. 내가 늦깎이로 교사에 임용되자 네 길을 알아서 갈 수 있게 되었다고 좋아하셨고 집안일을 억지로라도 안하면 열두 손가락이 아프고 붓는 일도 없을 거라고 안심하셨다. 그랬으나 곧 직장을 그만두고 해외로 떠나서 어머니의 근심은 다시 깊어졌을 것이다.

십여 년 만에 한국으로 돌아왔을 때 어머니는 병이 깊어 거동이 불편한 상태였다. 그래도 직장을 구하고 새 삶을 시작하며 안정을 찾아가는 것을 보고는 "아이구, 기도하면 정말 하느님이 들어주시는가보다."라며 기뻐하셨다. 내 얼굴이 편해 보인다며, 웃으며 살 수 있게 되었으니 이보다 복된 일이 없다고 하셨다. 네가 행복하니 내가 행복하다 하신 지 두어 해 만에 돌아가셨는데 내 삶이 평화롭고 여유롭게 된 것을 보고 가신 것이 그나마 다행이다.

퇴근길에 소나기가 왔다. 차창에 떨어지는 빗소리를 들으며 어머니 생각이 났다. 습관처럼 전화를 걸었는데 아무도 받지 않았다. 지은 지 반세기가 되어가는 낡은 집, 어머니가 없는 빈 집에서 전화벨소리만 허공을 울리고 있나보다. 벨소리가 들리니 왠지 어머니가 전화를 받을 것만 같아 한참을 들고 있었다. 창문은 꼭꼭 잠그세요. 미끄러질라 빗물 조심하고요. 전기세 걱정 말고 에어컨 트세요. 할 말이 많은데 이제는 아무 소용없는 일이 되고 말았다. "아이구, 고맙다. 나는 괜찮다."는 어머니의 목소리가 들리는 것 같았다. "사랑한다. 느그도 사랑하며 살아라. 잘 살아야 한다~." 전화를 끊기 전에 꼭 들려주던 인사도 귓가에 맴돌았다.

어둠 너머서 부르던 목소리

영숙

'숙아~ 숙아~' 부르던 어머니의 목소리가 떠오른다. 그 목소리를 들으면 참으로 안심이 되었다.

중학교 다닐 때, 십리도 더 되는 하교 길을 밤늦게 올 때마다 나는 숯골재가 참으로 무서웠다. 함께 오던 마지막 친구까지 헤어진 후 성평들을 가로질러 가다보면 떡하니 버티고 섰던 숯골재. 아까시가 우거져 시커면 어둠덩어리 같던 그곳을 혼자 넘으려면 심장부터 콩콩 뛰곤 했다. 그때 산 위에서 '숙아~ 숙아~' 불러주던 어머니의 목소리! 내가 무서울까봐 산위에서 기다리고 계시다 '숙아~' 하고 불러주던 그 소리는 얼마나 반갑고 안심이던지! 내가 '예~'하고 대답하면 또 '숙아~' 하고 불러주어 나는 무서움을 떨치고 갈 수 있었다.

어머니를 생각하면 또 따뜻한 느낌이 난다. 여름날 소 먹이고 내려오면 콩죽인지 팥죽인지를 끓여놓고 계셨는데 집에 들어올 때의 그런 따

170

뜻함이 좋았다. 어머니의 특기였던 고추부추전도 생각난다. 얇게 저민 고추와 부추에 방아 잎을 넣고 노릇하게 부쳐주던 맛이 일품이었다. 이곳에서도 어머니가 생각나면 방아를 구해 고추랑 부추랑 넣어서 부쳐 먹곤 한다.

  어머니에게 별로 서운한 건 없다. 내가 출산할 때 한 번도 와주시지 않은 것은 당시엔 서운했지만 지금은 이해가 간다. 당신의 자녀가 많으니 일일이 손자손녀까지 생각할 수 없었을 것이다. 그래서 내가 아이가 많은 것도 당신처럼 될까봐 늘 걱정이셨다. '애가 많으면 고생이다. 네가 고생이 많다.'라는 말을 자주 하셨다.

대학 다니던 지훈이를 갑자기 사고로 잃기 전 까진 어머니에게 매일 이다시피 전화를 했다. 그런데 지훈이를 그렇게 보내고 나니까 속이 시끄럽고 만사가 귀찮고 사람 만나기도 말하기도 싫었다. 어머니에게 전화도 걸지 않게 되었다. 그 사고만 없었더라면 아무리 캐나다가 멀어도 아이들 데리고 자주 한국에 나갔을 텐데 무슨 일도 무의미한 것 같았고 의욕도 나지 않았다. 박서방에게 한국에는 사고도 많이 난다고, 연평도 포격이나 세월호 사고도 있고 군대서 사고가 나기도 한다고, 그런 사람도 있으니 그리 위로를 하라 하신 걸 보면 우리를 이해해 주신 듯하다.

숯골재의 어둠에서 나를 안심시켰던 분이 어머니라면 오랜 실의에서 정신을 차리도록 나를 도와준 이들은 이곳 사람들이다. 여기 와서 많은 사람들에게서 도움을 받았다. 말을 잃었다가 그 분들 덕에 드디어 입을 열었고 지금은 노래도 부르고 골프도 치며 잘 지낸다. 한의원도 개원했다.

지금은 전문마사지치료사 3년 과정 칼리지에 다니는 중이다. 오십 중반을 넘은 나이에 하는 공부지만 공부를 좋아하는 어머니가 아신다면 기뻐하실 것이다. 하지만 한의사가 무슨 마사지를 배우냐고 할지도 모르겠다. 여기서 힘들게 사는 사람들이 쉽고 편하게 치료를 받는 시스템을 만들기 위해서라면, 한의치료보다 마사지치료가 보험영역이 넓어서라면 이해를 하실까. 이곳 사람들에게 내가 할 수 있는 마지막 봉사라고 생각해서 시작했다. 얼이 빠져있던 내가 이제 이렇게 사회생활을 잘 하고 있다는 걸 어머니가 아시고 돌아가셨는지 모르겠다.

돌아가시기 전에 우리 다훈이랑 예훈이라도 보고 가셔서 다행이다. 장훈이랑 강훈이는 대학입학을 앞두고 있어서 못 보냈다. 이민 오기 전, 유치원생일 때 외할머니를 본 게 마지막이라 기억할지도 모르겠다. 우리 다훈이는 특별히 외할머니를 좋아하는데 어떻게 손녀에게 그렇게 좋은 인상을 남겼는지 나는 정말이지 그것이 궁금하다. 아마 내가 느낀 감정의 어느 부분을 다훈이도 함께 느꼈나보다.

다시 '숙아~' 하고 불러줄 어머니는 안 계시지만, 대신 내가 우리 아이들에게 그런 엄마가 되려고 한다. 무섭고 힘든 일을 만나면 안심을 주는 목소리로 어둠 너머서 아이들의 이름을 가만히 불러주는 그런 엄마. 항상 무언가를 배우며 스스로를 키워가는 그런 엄마. 이런 내 모습을 천국에서 내려다보며 안심하도록 해드리고 싶다.

대답소리

영미

    어머니 돌아가신 후 2주일, 아버지 기일이다. 여느 때와 다름없이 현관문을 들어서며 '어머니~'하고 불러본다. '아이구! 너, 영미가 오나?' 하고 반겨주어야 할 목소리가 들리지 않는다. 당연히 대답이 없을 줄 알고 불러보았건만 어머니의 부재가 가슴깊이 와 닿는다. 소파에 앉아있어야 할 어머니가 없다.

    어머니는 언제나 우리가 부르면 대답할 수 있는 거리에 있었다. 어릴 적 학교에 다녀와서, 또 타지에서 공부하다 주말에 집에 올 때도 대문을 들어서며 '어머니~'하고 부르면 언제나 '와~' 하는 대답소리가 들려왔다. 모습은 보이지 않아도, 저쪽 산 아래 밭 한 귀퉁이에서라도 어떻게 듣고. 그러면 마음이 놓이고 기분이 좋아졌다. 부모님은 자식들이 집에 들어올 때 집이 비어있어 외로움과 무서움을 느끼지 않게 하려는 사랑 철학이 있었다. 아버지는 주로 먼 거리의 전답으로 나가 일을 했고 어머니는 집 가까운 밭에서 일했다. 그래서 늘 메아리처럼 들려오던 대답소리! 들리지 않은 적이 없기에 그 대답의 소중함을 모르고 살았다. 그 대답 없음에 대해서 생각해보지도 않았다.

제사를 지내고 가족들과 이야기를 나누는 동안 문득문득 어머니를 찾아 소파를 본다. 없다. 방문을 열어 침대를 본다. 거기도 없다. 우리가 웃음꽃을 피우며 즐겁게 지낼 때 어머니는 소파에 앉았다가 조용히 침대에 가 누워 있곤 했는데 이젠 어디에도 보이지 않는다. 공허하다. 우리가 우르르 몰려와 놀다가 삽시간에 돌아가 버렸을 때 어머니도 이런 공허함을 느꼈겠지. 부모님 돌아가셔도 후회하지 않도록 평소 잘한다고 했건만 후회가 밀려온다.

어머니가 혼자 있었을 모습을 상상해본다. 어머니의 동선을 그려본다. 침대 끝에 앉았다가 천천히 몸을 일으켜 거실로 나와 소파에 앉았다가 부엌으로 가서 우유 한 잔을 데워먹고는 은행나무 아래에 있는 의자로…… 그 단조로운 동선으로 움직여 다니면서 이 집에 새겨져있을 우리들의 성장하는 모습을 되새겼을 것이다. 어려웠던 지난 시절을 추억하거나 지난 명절 또는 휴가 동안 우리가 남겨두었던 웃음소리의 끝을 잡고 시간을 보냈을 것이다. 늘 우리를 기다리고 있었을 것이다. 그런 생각을 하니 슬픈 생각이 든다. 어머니의 외로움과 기다림이 새삼 마음깊이 와 닿는다.

　한편 가만히 생각해보면 요양원을 거부하고 이 집에서 홀로 살면서 어머니는 행복했을 것 같기도 하다. 성경을 읽고 교회를 가고 오래 익숙한 동네에서 오래 알고 지낸 친구들과 은행나무 아래에 앉아서 젊은 시절을 떠올리기도 하는 삶. 자식을 기다리는 설렘이나 그날그날 삶의 흔적을 가계부의 귀퉁이에 적으면서 사는 삶. 나는 어머니의 삶을 외로움이나 기다림으로 기억하고 싶지 않다. 행복한 꿈을 꾸면서 생의 마지막까지 아름답게 살다가셨다고 기억하고 싶다. 그래서 어머니를 기억할 때마다 행복해지고 싶다.

나는 결정이 힘들거나 걱정이 닥치면 이럴 때 부모님은 어떻게 하셨을까하는 생각에 젖곤 한다. 두 아이를 키우면서 나무라거나 잔소리할 일이 생겨도 그런다. 부모님에 대한 기억들은 내가 해야 할 말과 행동에 도움을 준다. 어머니의 대답소리가 그 중 하나다. 대답소리는 거기 있다는 믿음을 주고 나를 기다리고 반긴다는 느낌을 준다. 강한 결속감 같은 것이다. 그래서 어머니처럼 나도 "와~"하고 집에 돌아오는 아이들을 맞으려고 하는 것이다. 믿음을 가지는 것도 그 중 하나다. 한번은 객지에 나가있는 아들이 나쁜 일에 휩싸일까 봐 걱정이 되어서 어머니에게 물어본 적이 있다. 우리는 경제적 지원도 별로 없이 객지에 나가 있었는데 그때 어머니는 불안하지 않았냐고. 어머니의 대답은 간단했다. "믿음이 있었다." 어느 부모가 자식걱정을 안하겠냐면서 그래도 너희들을 믿었기에 괜찮을 줄, 언젠가는 좋은 날이 올 줄 믿고 기다렸다고 했다.

반김과 믿음이 있어서였을까. 나는 집으로부터 제대로 된 지원을 받지 못하고 자랐지만 그에 대한 불만이 별로 없다. 고등학교를 포기하라고 하면 돈이 안 드는 야간실업학교로 갔고, 실업학교에 실망해서 포기하고 다음 해에 들어간 진주여고에선 여러 장학금을 받았다. 경상대학교 사범대학을 수석으로 입학한 것도 가정형편과 무관하지 않다. 부모님의 믿음을 저버리지 않으려면 저절로 내가 가야 할 길이 보였고 어떻게 그 길을 가야할지도 알게 되었다. 그렇게 나를 키웠던 어머니, 그렇게 믿어주고 기다려주고 환하게 반겨주던 어머니……

그런 어머니가 이제 없다. 그것이 무엇을 의미하는지 얼마나 소중한 것이었는지 이제야 알겠다. 아, 어머니에게 나도 더 자주 대답해줄 걸, 더 자주 웃어주고 더 자주 '사랑한다.'고 말해주고 더 자주 안아드릴 걸. 좀 더 잘 해드릴 걸, 하는 생각을 떨칠 수가 없다. 있을 때 잘하라는 말이 그냥 있는 게 아니다. 지나고 나면 하고 싶어도 못하니까. 고맙고 소중한 걸 당연하게 여기거나 무감각하게 받아들인 게 후회가 되어도 달리 할 수 있는 일이 없으니까.

은행나무가 보고 싶다

팔용

*

몰랐다. 어머니가 계신 곳이 나의 '집'이었다는 걸. 어머니가 떠나고 나서 '집'과 '고향'의 차이에 대해 생각해보았다. 그리고 '집'은 언제나 어머니가 기다리고 있었고 기다려 줄 것이라는 믿음이 있는 곳이고, '고향'은 그 집이 있는 장소에 불과하지 않았다는 걸 비로소 알게 되었다.

사십이 넘어서부터였을 것이다. 자주 하동 신덕의 작은 마을, 어머니가 계신 곳으로 갔다. 어머니가 보고 싶어 갔다. 혼자 얼마나 외로울까 안쓰럽고 불쌍해서 갔다. 살아서 볼 수 있는 날이 얼마나 될까 하는 생각도 없지 않았다. 회사에 어려움이 있거나 일상이 무기력해지거나 부부싸움을 하거나 사춘기에 든 딸들에게 외면을 받을 때도 갔다.

서울에서 4시간. 낮이든 밤이든 걸리는 시간과 거리는 문제되지 않았다. 어디론가 피신할 수 있는 공간이 필요할 때는 더욱 그랬다. 어린아이처럼 어리광을 피워도 받아주는 어머니가 있는 곳으로 떠나야 된다는 생각이 먼저 났다. 그래서 고향집은 나에게 소중했다.

그러나 지금 나는 집을 잃고 말았다. 어머니가 세상을 떠나셨을 때 나
는 슬퍼하지 않았다. 문재인 대통령과 김정은 위원장이 판문점에서 회
담을 하는 날이었다. 마르크스 사상과 한반도 통일이라는 문제로 고민
했던 대학시절을 생각하며 나는 뉴스를 보면서 눈물을 흘리고 있었다.
두 사람이 회담장으로 들어가려는 찰나에 전화가 왔다. 어머니가 세상
을 떠나셨단다. 전화 속 큰형의 목소리가 더없이 차분하게 들렸다. 잠시
후 큰형은 돌아가신 어머니의 현장사진 한 장을 보내주었다. 흐르던 눈
물이 멈추고 마음이 차분해졌다. 잘 가셨네. 눈물이 멈췄다. 정작 눈물
을 흘려야했던 소식에는 눈물이 나지 않았다. 그리고 웃었다.

사천에 있는 요양병원에 계실 때의 일이다. 어느 날 가족들에게 전화
를 했단다. "너그가 나를 여기서 죽일라고 그러제. 집에 보내주라."며
입에 담기 어려운 욕들을 했단다. 어머니를 누구도 돌봐줄 수 없는 상황
이라 가족들끼리는 못 들은 척 하기로 했다. 일주일 후, 병원을 방문한
날 안쓰러운 마음에 "집에 가고 싶어요?"라고 물었더니 고개를 끄떡이
는 어머니의 얼굴이 얼마나 밝았던지. "그럽시다."라는 말이 떨어지기
가 무섭게 보따리를 싸서 병실 밖의 간이의자에 앉아 빨리 나가고 싶다

고 조르는 모습에 가족과의 약속은 잊어버리고 퇴원수속을 밟았고, 어머니를 모시고 병원을 나와 버렸다. 그때 나는 이런 생각을 했다. 어머니의 삶을 자식이라는 이유로 책임진다며 당신이 원하지 않는 삶을 강요하고 있지는 않았는가? 아마 그날은 내가 태어나서 어머니를 위한 가장 큰 효도를 했던 날인 것 같다. 대신 큰 형님이 힘들어졌지만.

어머니는 오랫동안 스스로 죽을 준비를 했다. 그 모습을 곁에서 보며 죽음에 대한 이야기를 많이 나누었던 것 같다. 처음 죽음이라는 말을 꺼냈을 때는 어떻게 생각할지 무척 걱정했지만 어머니 자신도 죽음을 준비하는 이야기를 많이 하셨다. 그래서 떠나야 할 시기에 적절히 잘 가셨

다는 생각이 든다.

단지 슬픈 것은 나를 기다려주거나 남들과 나눌 수 없는 이야기를 들어주던 어머니가 없어졌다는 것이고, 찾아갈 곳이 사라졌다는 것이다. 어머니라는 마음의 위안처, 집이 없어진 것이다.

*

집에 올 때면 어머니와 이야기를 오래 나누었다. 아니 정확히 말하면 내가 말을 하고 어머니는 들었다. 늦은 시간이라 피곤도 하셨을 텐데. 새벽시간 동네 개들이 간간히 짖어댔다. 그러다가 거실에서 잠이 들면 이불을 덮어주었고, 아침에는 소파에 앉아 내 얼굴을 내려다보고 있었다. 그럴 때면 일부러 자는 척했다.

차를 몰고 나오면 사이드미러로 어머니의 모습이 보였다. 마을 모퉁이를 돌 때까지 은행나무 아래에서 물끄러미 나를 바라보고 있었다. 항상 그랬다. 나는 그 모습이 보이지 않을 때까지 창문을 열고 손을 흔드는 버릇이 생겼다. 어머니도 항상 손을 흔들어주었다. 하룻밤 더 있다가라고 했지만 나는 아침이면 떠나야했다. 잘살기 위해서는 언제나 바쁘고 치열하게 살아야 한다고 믿었기 때문이다. 어머니는 나와 조금이라도 더 오래 있고 싶었을 것이다. 오늘이 혹시 마지막이 아닐까 하는 생각을 했을지도 모른다. 어제오늘이 다르다고 하셨을 땐 더더욱 아쉬웠을 것이다.

어머니는 자식을 보내고 은행나무 아래에 오래 앉아있었을 것이다. 팔남매의 막내인 내가 객지로 떠나고도 33년을 더 살았던 집 앞의 은행나무 아래 평상에. 급하게 나온다고 틀니를 끼지 못해 옴싹 들어간 볼로 이렇게 중얼거렸을지 모른다. "은행나무 잎이 언제 필라나? 보고 싶네. 여름이 빨리 와 잎이 마구 달렸으면 좋겠네." 집안으로 들어가면 또 혼자인 집에서 긴 한숨을 쉬었을지도 모르겠다. 모든 게 귀찮은 듯 '사는 게 다 이렇지, 뭐.'라고 혼자 중얼거렸을지도.

전화 한 통으로도 어머니가 무척 행복해한다는 사실을 몇 년 전에 알았다. 불행하게도 자식들은 이런 걸 잘 모른다. 나도 자주 까먹고 넘어가는 경우가 많아 마음만큼 자주 하지 못했던 것 같다. 일주일에 한 번은 하려고 했는데 2주째 못할 때도 있었다. 바쁘다는 핑계를 대지만 어머니의 존재가 내 생활에서 밀렸다는 뜻이기도 하다.

내 얼굴을 보여주고 싶어서, 아니 어머니의 얼굴을 언제든 볼 수 있도록 몇 달 전에 스마트폰을 사주었다. 서울 시내를 운전하다가 갑자기 어머니께 서울 풍경을 보여주고 싶어 영상통화를 했다. 신기해하면서 무척 좋아하셨다. 가족들에게 어머니께 영상통화 한번 씩 해주라고 했지만 전화로 얼굴을 보지 못했다는 걸 보면 시도한 사람이 없었던 것 같다. 어머니보고 직접 영상통화를 해보라고 가르쳐주었지만 하지 않았다. 자식들에게 피해를 줄까봐서라고 했다.

돌아가신 다음날은 내가 옻순을 따먹으러 가기로 한 날이다. 그날 어머니는 아들이 온대서 기분이 좋았을 것이다. 동네회관에서 음식을 나누어 먹고 집으로 가는 길에 윗담 할머니들과 집 앞 평상에서 쉬었다고 한다. 옆 동네 누가 죽었다든가 논에 물이 말랐다거나 하는 두서없는 얘기를 나누며 시간보내기 딱 좋은 은행나무 아래였다. 말이 짧아도 서로 잘 통하는 사람들끼리 이런 이야기를 하지 않았나 싶다. "내일 팔용이가 오나?" "하모!"

해질 무렵, 어머니는 상추가 먹고 싶다고 했단다. 고하동아주머니가 엎드리기 힘든 어머니를 대신해서 우리 집 텃밭에서 상추를 따주었다. 이래서 요양시설보다 내 집이 좋다는 생각을 했을 것이다. 그러나 상추를 들고 집안으로 들어간 게 마지막이다. 어머니는 화장실 변기에 앉아서 돌아가셨다.

눈을 감으며, 내일 아들이 온다고 했는데 하필이면 오늘 왜 이럴까 싶었을 것이고, 손발은 움직이지 않는데 열린 문 밖으로 싱크대 위의 상추는 보였을 것이고, 이제 죽는구나 싶었을 것이고, 자식들 모습과 동네 친구들 모습이 스쳤을 것이고, 아버지 옆으로 간다 생각했을 것이고, 인생사 별 것 없구나 싶었을 것이다. 생각하면 안쓰럽다.

어머니는 조용히 세상을 떠나신 듯하다. 마지막 숨을 생생히 기억하면서 가물가물 가신 것은 아닐지. 우리는 다음날 오전이 되어서야 그 사실을 알았다.

＊

시골에 왔다. 어머니와 70년을 동고동락하며 살았던 할머니들이 보고 싶어 왔다. 12가구가 사는 마을이니 서로 오고가는 정이 오죽했을까. 백내장 낀 눈에 눈물이 고인 할머니가 내 손을 잡는다. 어떤 말을 하고 싶은지 말이 손으로 느껴진다. 나는 얼른 말을 돌렸다. "어머니, 앉아서도 손을 쥐었다 폈다, 이렇게 운동을 하셔야합니다. 마을회관에만 누워있지 말고 저기 은행나무 아래에 앉아 좋은 공기랑 시원한 바람이랑 파란 하늘, 산과 들을 보며 노세요." 가져간 빵과 우유를 내려놓고 왔다. 다음 번엔 어머니가 살아계셨을 때처럼 짜장면을 배달시켜드려야겠다.

은행나무 아래에 누웠다. 어머니와 동네 분들이 봄, 여름, 가을까지 비 오는 날을 제외하고는 하루도 빠지지 않고 앉아있던 곳이다. 어두워질 때까지 여기 있었던 이유는 '거꾸로 가는 시간'의 끈을 붙들고 싶어서가 아니었을까. 얼마나 지났을까. 날이 어두워졌다. 큰형이 불러 집으로 들어갔다.

시골을 떠나는 아침이다. 차를 몰고 나오며 습관적으로 창문을 내리고 손을 내밀었다. 사이드미러에는 은행나무만 보인다. 어머니가 없다. 멋쩍은 웃음이 났다. 올해는 유독 은행나무 잎이 많고 더욱 색이 푸르러 보인다. 모내기 준비하는 들을 내다보며 남해고속도로를 달렸다. 달라진 것이 있었다. 이번에는 혼자 남은 어머니가 느낄 쓸쓸함에 대한 걱정 대신 풍경을 감상하고 있다. 상쾌한 바람도 느껴진다.

시간이 지나니 어머니와 집에 대한 그리움도 작아지나보다. 그래도 다음 주에도 시골에 갈 예정이다. 은행나무가 보고 싶다. 어머니 자리를 대신해 주는 은행나무가 있어서 다행이다.

어머니의 시

자고 일어나니 하늘이 흘어다

지바이를 직고 마을을 걸어다

가다보니 비가 네린다 하방을

하방을 네리는 비가 내몸에

뜰어진다 한 방울 하방울 마저면서

걸어갔다 시울고도 참참해서 좋다

동네 한 바귀를 돌았다

하방울식 오는 비가 네옷자락을 저진다

비는 건치다 햇빛은 났다

오늘은 데게 덥개다

무더운 날시다

기다린다는 것

응급실에서 중환자실로 어머니는 올라가셨다

모두 한시름 놓았다

가신 곳이 중환자실이고

스스로 올라가신 것도 아니지만

가장 안전한 곳으로 가신 것은 분명하다

왜 분명한지는 모두 생각이 달랐지만

한숨 돌리고 자판기 커피를 나눠 마셨다

올라갔다는 말은

내려갔다는 말보다 잘한 일처럼 들린다

희망을 가져보자고 누군가 말했다

기다려보자고 또 누군가 말했다

할 수 있는 일이 아무것도 없기에

기다려볼 수밖에 없는 노릇이다

희망과 기다림이

같은 의미인지는 아닌지는 서로 묻지 않았다

얼마나 기다려야 할까

무심한 인공호흡기가 지키고 있는

저 단호한 분당 18회의 리듬

가슴 위로 지나는 저 무수한 선들은

어디서 어떻게 끝이 나는 것일까

방문객 명찰을 건네 받아

앞서거니 뒤서거니 중환자실을 드나들며

지금은 올 필요가 없다

어디론가 전화를 하며 삼삼오오 모여

기다린다는 것은 무엇일까

— 엮은이

해외여행 가신 부모님

여행지에서의 어머니와 아버지

젊은 시절 어머니와 아버지의 여행_석굴암

가을 은행나무 아래서

새끼 염소에게 젖 먹이는 어머니

집 앞에서의 귀요미 어머니

진주의료원에서 문재인 대통령과

어느 봄, 은행나무 아래서 식사하며 웃으시는 어머니

마을 사랑방이던 은행나무 아래에서

이웃 친구분과 어머니

자주 가시던 진교장

은행나무 밑에서 친구분들과 웃음꽃 피우며

어머니와 막내아들

막내아들과 함께 한 여행에서

어머니와 둘째사위

어머니와 다섯째 딸 내외

은행나무 아래서 모닥불 피우고

어머니와 유진이

은행나무 아래 가족들

은행나무 아래 꽃은 피고

마당에서 크는 닭들

좋아하시던 악양 벚꽃길

주인없이 태어난 강아지들

은행나무아래 치자열매

은행나무 아래 가족들

은행나무 아래 가족들

은행나무 아래 가족들

은행나무 아래 가족들

어머니와 딸들

1968. 2. 15. 결혼 20년 記念

가족사진_막내 태어나기 전